cmz

W0318290

Hans-Jürgen Vollrath 2015

Utta Kaiser-Plessow, Jahrgang 1939, verheiratet, drei erwachsene Kinder, lebt in Köln. Promovierte Juristin, bis zur Pensionierung als Richterin tätig. Danach mit literarischem Schreiben begonnen. Veröffentlichung von Kurzgeschichten in diversen Anthologien. *Die fremde Schuld* ist ihr zweiter Roman.

Utta Kaiser-Plessow

Die fremde Schuld

Köln-Krimi

cmz

Bibliografische Information der Deutschen Nationalbibliothek

Die Deutsche Nationalbibliothek verzeichnet diese Publikation in der Deutschen Nationalbibliografie; detaillierte bibliografische Daten sind im Internet über http://dnb.d-nb.de abrufbar.

An der Glasfachschule 48, 53359 Rheinbach
Tel. 02226-9126-26, Fax 02226-9126-27, info@cmz.de

Satz
(Aldine 401 BT 11 auf 14,5 Punkt)
mit Adobe InDesign CS 5.5:
Winrich C.-W. Clasen, Rheinbach

Papier (Muncken Print Cream 90 g mit 1,5f. Vol.):
Grycksbo Paper AB, Grycksbo/Schweden

Umschlagfoto
(*Sürther Bootshaus*, 2008; Ausschnitt):
Christine Trewer, Köln

Umschlaggestaltung:
Lina C. Schwerin, Hamburg

Gesamtherstellung:
Livonia Print Ltd., Riga/Lettland

ISBN 978-3-87062-183-4

20161225

www.cmz.de

Das Schuldverhältnis erlischt, wenn die
geschuldete Leistung an den Gläubiger
bewirkt wird. (§ 362 Abs. 1 BGB)

1. Kapitel

Schritte hallen durch den Gang, kommen näher. Bettina Gruhl schaut auf ihre Armbanduhr. Genau zwölf Uhr dreißig. Vor ihrer Tür halten die Schritte an. Ein Schlüssel dreht sich im Schloss, quietscht. Knarzend öffnet sich die schwere Tür. Die Wärterin reicht ein Tablett herein:

»Ihr Mittagessen, Frau Kleinert« und schließt die Tür wieder ab. Bettina setzt sich an den Tisch vor dem vergitterten Fenster und isst mechanisch. Kartoffeln, ein Stück gekochtes Rindfleisch und Wirsing. Schmeckt gar nicht so schlecht, denkt sie. Es fehlt allerdings die Meerrettichsoße, die sie dazu immer so gerne aß. Tafelspitz, nirgendwo war er so gut wie in Wien. Lange ist das her. Mit Felix Reisen ist sie unterwegs gewesen, eine ganze Woche lang. Sie hat viel gesehen, den Stephansdom und Schloss Schönbrunn besichtigt, ist durch den Prater geschlendert und Riesenrad gefahren. Unvergessen der Abend in der Staatsoper. Eine glanzvolle Aufführung von Mozarts Zauberflöte. Und schließlich der Abend in Grinzing. Der ganze Bus, an langen Tischen, Wein aus großen Karaffen, dazu Brezeln, Kartoffelsalat und Würstchen. Alle haben gesungen und viel gelacht. Bettina war ein bisschen beschwipst, sonst hätte sie niemals mit dem Weinbauern vom Nebentisch so viel getanzt. Sie, die überhaupt nicht tanzen konnte. Aus Linz an der Donau kam er, und sie sollte ihn doch mal besuchen. Er sei Witwer und hätte so gerne wieder eine Frau. Seit seine Kinder aus dem Haus seien, wäre es allein so langweilig. Sein ganzes Leben hat er ihr erzählt. Die Weinberge habe er verpachtet. Hin und wieder würde er bei der Weinlese dabei sein. Aber nur, um sich zu beschäftigen. Er brauche nichts mehr zu tun, habe sein gutes Auskommen. Sie hatte die Adresse eingesteckt, sich aber nie gemeldet. Möglicherweise war das ein Fehler. Vielleicht wäre alles anders gekommen, wenn sie zu ihm nach Österreich gezogen wäre.

Acht Quadratmeter. Das ist jetzt ihre ganze Welt. Bett, Tisch, Stuhl, ein Schrank. Ein Waschbecken mit kaltem Wasser, abgetrennt die Toilette, aber nicht abgetrennt die Gerüche. WC-Reiniger und Duftspray sind verboten, sie könnten einem Wärter in die Augen gesprüht werden.

Bettina nimmt den leer gegessenen Teller, spült ihn unter dem Wasserhahn kurz ab und stellt ihn zum Abholen bereit. Sie braucht nicht lange zu warten. Schon bald hört sie die Räder des Geschirrwagens. Erst als leises Gemurmel, dann immer deutlicher. Sie rollen den langen Flur entlang und halten vor ihrer Tür an. Wieder dreht sich der Schlüssel im Schloss. Sie reicht den beiden Frauen, die diese Woche die Essensverteilung vornehmen, den Teller hinaus. »Hallo« und ein kurzes Nicken, mehr ist unter den strengen Augen der begleitenden Aufseherin nicht möglich.

Anschließend macht sie ihren täglichen Verdauungsspaziergang, geht auf und ab. Sechs Schritte bis zum Fenster, Kehrtwende, sechs Schritte zurück und immer so weiter. Dabei singt oder murmelt sie halblaut vor sich hin. Wanderlieder aus der Schulzeit, auch mal ein Weihnachtslied dazwischen, oder sie sagt Gedichte auf. Davon verfügt sie über ein ziemliches Repertoire. Immer wenn in der Stadtbibliothek Leerlauf war und sie gerade mal nichts zu tun hatte, was selten genug vorkam, hat sie gelesen. Anfänglich Romane, aber da gab es zu viele Unterbrechungen. Meistens, wenn es gerade spannend war, kam jemand, der eine Auskunft wollte oder ein bestimmtes Buch suchte. Sie hatte dann immer Probleme, den Faden wiederzufinden. Deshalb bevorzugte sie bald Kurzgeschichten, aber nur wirklich kurze, und eben Gedichte. Das kommt ihr jetzt zugute.

Ihr Blick streift den schmucklosen Spiegel an der Wand. Sie geht näher heran und betrachtet sich. Eine alte Frau blickt sie an. Stumpfe, strähnige Haare, überwiegend schmutziggrau. Als sie hierher kam, hatte sie kastanienrote Locken. Ihr Gesicht ist teigig, die Haut fahl und blass. Müde Augen, umgeben von einem Kranz Fältchen schauen ihr entgegen. Mit den Fingern reibt sie sich kräftig über die Wangen, erst über die eine, dann die andere. Aber es zeigt sich kein rosiger Schimmer, nur fleckiges Rot, das die graue Blässe noch betont. Es nutzt nichts, sie ist alt, alt, alt. Sie erinnert sich, vor Jahrzehnten die gleiche Szene.

Sie muss so zwölf, dreizehn Jahre alt gewesen sein. Es waren Schulferien. Sie war früh aufgewacht und ins Badezimmer gegangen. Dort hatte sie sich vor den Spiegel gestellt und intensiv ihr pausbäckiges Gesicht gemustert. Konzentriert hatte sie in den Spiegel geblickt, war immer näher herangegangen, bis das Bild verschwamm und sie in ihren Pupillen weit hinten eine Gestalt wahrnahm. Wie werde ich aussehen, wenn ich erwachsen bin?, hatte sie gefragt. Elegant? Schön wie eine Prinzessin? Sag es, Spiegel, sag es mir. Starr und fest hatte sie hineingeschaut, wollte der Zukunft das Bild abringen. Jetzt weiß sie, wie sie aussieht. Acht Jahre ist sie schon hier, acht lange eintönige Jahre. Wenn alles gut geht, wird sie bald auf Bewährung entlassen. Der Antrag ist gestellt.

Ihre Gedanken gehen zurück. Sie erinnert sich an den Schock, als die Polizei kam.

2. Kapitel

Ein Morgen im September. In der Nacht hat es geregnet. Die Sonne beginnt allmählich den Frühnebel zu durchdringen. Langsam hebt sich der Dunst und es verspricht, ein schöner Tag zu werden. Bettina Gruhl liebt diese Stimmung. Der Sommer ist noch nicht vorbei, aber es riecht bereits nach Herbst, ein Hauch Vergänglichkeit liegt in der Luft. Sie freut sich auf einen langen Spaziergang. Den Rhein entlang, durch den »Weißer Bogen«, im Sürther Bootshaus in der Sonne sitzen, den Schiffen zuschauen. Oft kommen Ruderer vorbei. Einmal beobachtete sie einen Kanuten. Er legte am Geländer an, hielt sich fest, bekam ein Kölsch gebracht und paddelte dann weiter.

Sie macht sich schnell ein kleines Frühstück. Gegen Mittag wird sie im Sürther Bootshaus etwas essen. Die machen so leckere Bratkartoffeln, vielleicht haben sie heute auch Matjes dazu. Sie zieht ihre Wanderschuhe an und greift gerade nach ihrem Anorak, da klingelt es.

Nanu, der Briefträger ist aber heute besonders früh dran, denkt sie. Aber es ist nicht die Post. Ein Polizist und eine Polizistin stehen vor der Tür, die sie ins Polizeipräsidium nach Köln-Kalk bringen, zum Verhör.

Sie sitzt hinten im Streifenwagen und schaut hinaus. Die Fahrt geht über die Severinsbrücke. Links der Dom im Morgenlicht noch leicht verschleiert. Rechts kann sie hinter der Rodenkirchener Brücke den »Weißer Bogen« erahnen, wohin sie heute morgen wandern wollte. Im Polizeipräsidium wird sie in den ersten Stock geführt. Ein schmuckloser Raum mit einem Schreibtisch, dahinter ein nicht unfreundlich wirkender grauhaariger Beamter. Seitlich am Tisch eine Schreibkraft mit PC. Bettina wird vernommen. Fragen zu ihrer Person, ihren Aufenthaltsorten. Sie antwortet ohne Zögern, schließlich hat sie doch die Daten auswendig gelernt. Der Grauhaarige schaut sie forschend an.

»Frau Kleinert, Sie sind verdächtig, den Tod Ihres Mannes verschuldet zu haben. Der Verkehrsunfall, der zu seinem Tod führte, wurde durch Drogen und Medikamente verursacht. Die haben Sie an ihrem Arbeitsplatz, der Löwenapotheke in Sulz, unterschlagen und Ihrem Mann verabreicht.«

Bettina hört kaum hin, die Situation ist zu absurd. Außerdem, was soll sie sagen? Sie weiß nichts, überhaupt nichts. Nun ja, in Helga Kleinerts Schublade lagen Fotos eines deutlich älteren Mannes und eine Todesanzeige: »Plötzlich und unerwartet …, durch einen tragischen Verkehrsunfall … in tiefer Trauer …« – so das Übliche. Daneben eine Seite des Sulzer Tageblatts mit einem Bericht über einen spektakulären Verkehrsunfall. Ein Porsche war auf gerader Strecke bei gutem Wetter und klarer Sicht frontal gegen einen Alleebaum geprallt. Der Fahrer konnte nur noch tot geborgen werden. Das Bild des demolierten und völlig zerstörten Sportcoupés sah grauenhaft aus. Der Autor des Berichtes vermutete, dass der Fahrer bei deutlich überhöhter Geschwindigkeit die Gewalt über den Wagen verloren hatte, vermutlich, weil Wild die Fahrbahn kreuzte. Augenzeugen gab es nicht. Der Artikel enthielt noch Zahlen zur Häufigkeit von Unfällen, die durch Wild verursacht wurden und warnte grundsätzlich vor überhöhter Geschwindigkeit. Bettina wird jetzt klar, dass der Verunglückte Helga Kleinerts Ehemann war.

Der Polizist spricht von unterschlagenen Medikamenten. Er liest ihr das Ergebnis der Exhumierung dieses Mannes vor und will von ihr eine Stellungnahme zu den Vorwürfen. Aber Bettina schweigt. Schweigt auf alle Fragen über das Verhältnis zu ihrem Mann und über ihre Tätigkeit in der Apotheke. Sie wird in Untersuchungshaft genommen. Auch in der Folgezeit schweigt sie.

Im Gefängnis in Ossendorf bemüht sie sich, ihre äußere Situation zu verbessern. Sie mietet einen Fernsehapparat, einen DVD-Player und eine Stereoanlage. Eine Auswahl von CDs und DVDs mit Filmklassikern bestellt sie bei Amazon, dazu eine Kiste mit

Büchern. Als Untersuchungsgefangene hat sie gewisse Privilegien, die sie nutzt.

Ihr wird ein Pflichtverteidiger beigeordnet, Rechtsanwalt Bramsen. Knapp dreißig Jahre, schätzt Bettina. Stoppelfrisur, runde Nickelbrille, trägt immer denselben verknautschten Cordanzug. Armes Kerlchen, denkt sie. Auch so einer, der aus Verlegenheit Jura studiert hat und den nach einem »ausreichend« im Staatsexamen keiner genommen hat. Ihm blieb daher nichts anderes übrig, als das Heer der Anwälte in Köln zu vergrößern. Zwölftausend sind es, stand im Stadtanzeiger, die sich zum Teil mühsam durchschlagen müssen. Bramsen ist Einzelkämpfer, hat seine Kanzlei in einem Vorort, keine besonders attraktive Adresse. Macht vermutlich alles allein, ist sein eigenes Büro, dank PC heute ohne weiteres möglich. Klar, dass er jede Chance ergreift und sich auf Pflichtverteidigungen stürzt, die von Strafrichtern unter den Anwälten verteilt werden. Ein Mordfall vor der Großen Strafkammer, davon träumt jeder Strafverteidiger. Verständlich, dass Bramsen hofft, damit in der Presse groß herauszukommen. Bettina hätte ihm gerne geholfen, aber in ihrer Situation ist das nicht möglich. So hört sie zwar geduldig zu, wenn er sie inständig bittet zu beschreiben, was geschehen ist und ihm Fakten zu liefern, auf die er seine Verteidigung aufbauen kann. Aber sie sagt nichts, schweigt weiter. Sie kann ja auch gar nichts dazu sagen, weiß nichts von der ganzen Geschichte, in die sie hineingerasselt ist. Und das wiederum kann sie Bramsen erst recht nicht erklären.

3. Kapitel

Heute beginnt der Strafprozess. Bettina wird früh abgeholt und zum Justizzentrum an der Luxemburger Straße gebracht. Sie sitzt auf der schmalen Bank in der engen Kabine des Gefangenentransporters. Durch die Fensterschlitze kann sie kaum etwas sehen. Sie vermutet, dass sie inzwischen die A 57 verlassen haben. Nach kurzer Zeit biegen sie in die Luxemburger Straße ein. Der Wagen hält am Hintereingang des Justizzentrums. Ächzend hebt sich das Rolltor. Eskortiert von zwei weiblichen Angehörigen des Wachpersonals wird sie in die Vorführzelle geführt. Die ist noch karger als ihre Zelle in der Justizvollzugsanstalt Ossendorf. Eine Holzpritsche, eine Toilette und ein Waschbecken. Durch die Gitterstäbe sieht man ein bisschen Himmel. Die Wände sind übersät mit obszönen Skizzen und vielen Sprüchen. *Ilona, ich liebe nur dich*, eingekreist in ein schiefes Herz. *Django was here*, *und ich bin doch der Größte und habe den Größten*, unterzeichnet mit *XXL A 12, Nils aus Kalk*, *Günya forever*. Dazu noch Daten und jede Menge Initialen. Bettina schaut sich die Wände interessiert an. Bis zum Beginn der Verhandlung ist noch über eine Stunde Zeit. Ihr Verteidiger Bramsen hat sich bereits eingefunden, will mit ihr besprechen, wie sie sich verhalten soll. Aber sie hat keine Lust dazu und weigert sich ihn zu sehen. Eine Justizwachtmeisterin bringt ihr einen Becher Kaffee, den Bettina dankbar entgegennimmt. Ist sie ängstlich? Nein, eigentlich nicht, nur gespannt. Sie fühlt eine seltsame Distanz zu allem, so als ginge das Ganze sie überhaupt nichts an. Denn es betrifft nicht sie, Bettina Gruhl, sondern eine andere, Helga Kleinert. Deshalb kann ihr doch eigentlich nichts geschehen. Jetzt ist es soweit. Durch eine Seitentür wird sie in den Sitzungssaal geführt. An der Stirnseite steht etwas erhöht ein länglicher Tisch, dahinter sitzen drei Männer und zwei Frauen. Das ist die Große Strafkammer. Sie besteht aus drei Berufsrichtern und zwei Schöffen, wie Bramsen ihr erklärt hat. Heute sind es ein Schöffe und eine Schöffin. Die Berufsrichter tragen schwarze Roben, was Bettina als feierlich und etwas bedrohlich empfindet. In der Mitte auf einem höheren Sitz thront der Vorsitzende, zu seiner Rechten die Richterin und zu seiner Linken der dritte Berufsrichter. Daneben jeweils die Schöffen. Vor den Richtern stapeln sich Aktenordner und dicke Bücher. An der linken Schmalseite des Tisches sitzt eine jüngere Frau vor einem Laptop. Das muss die Protokollführerin sein. Vor dem langen Tisch stehen zwei kleinere Tische. An dem einen sitzt ein Mann mit wenig Haaren und einer Halbbrille. Er trägt ebenfalls eine schwarze Robe. Vor ihm eine Akte, in der er blättert.

»Das ist Staatsanwalt Dr. Schneider, ein scharfer Hund«, raunt ihr Bramsen ins Ohr, der neben Bettina an dem anderen Tisch sitzt. Den Zuschauerraum hinter ihr hat sie beim Hereinkommen gesehen. Mehrere Reihen einfacher Holzbänke, auf denen acht bis zehn Personen sitzen, wahrscheinlich Rentner, die sich hier bequem die Zeit vertreiben. Bettina sieht sich alles genau an, sie war noch nie im Gericht und kennt Verhandlungen nur aus dem Fernsehen. Aber wieso sind die Richter eigentlich schon hier drin gewesen? Im Fernsehen marschieren sie immer pompös ein, wenn die Angeklagten und alle anderen schon da sind. Auf ein Zeichen des Wachtmeisters müssen dann alle aufstehen. Später erfährt sie, dass vor ihrer Verhandlung bereits ein Verkündungstermin stattgefunden hat.

»Aufgerufen wird das Strafverfahren gegen Helga Kleinert«, sagt der Vorsitzende gerade. »Es sind erschienen die Angeklagte in Begleitung ihres Verteidigers Rechtsanwalt Bramsen und Staatsanwalt Dr. Schneider. Frau Kleinert, Sie werden zunächst zur Person vernommen.«

Auf einen gemurmelten Hinweis von Bramsen steht Bettina auf. »Sie heißen Helga Kleinert, verwitwete Kortens, geboren am …, Sie wohnen …?«

Bettina antwortet mechanisch auf die Fragen. Seit vier Jahren hat sie diese Daten verinnerlicht und kann sie im Schlaf aufsagen.

Dann darf sie sich wieder setzen. In voller Größe erhebt sich jetzt der Staatsanwalt und verliest mit voll tönender Stimme die Anklageschrift. Sie hört genau zu, denn das, was da geschehen ist und was Helga Kleinert begangen haben soll, ist ihr unbekannt. Bramsen hat ihr zwar ein Exemplar der Anklageschrift gegeben, aber Bettina wollte sie aus einem undefinierbaren Aberglauben heraus nicht lesen. Jetzt kann sie dem aber nicht mehr entfliehen.

»Die Angeklagte wird beschuldigt, ihren Ehemann Friedrich Kortens heimtückisch und aus niederen Beweggründen ermordet zu haben, indem sie ihm starke Barbiturate verabreicht und ihn dann veranlasst hat, mit dem Wagen in den Nachbarort zu fahren, dabei wissend, dass er dazu neigte, immer mit deutlich überhöhter Geschwindigkeit zu fahren. Wie von der Angeklagten vorausgesehen und geplant, hat ihr Ehemann unterwegs das Bewusstsein verloren, ist gegen einen Baum geprallt und war sofort tot.

Beweis: Gutachten Dr. Moritz Wilhelm vom Institut für Rechtsmedizin der Universität Ulm, Aussagen von Johann Wilde, Apotheker in Sulz, und der Eheleute Jakob und Helene Malzkorn, Nachbarn der Angeklagten in Sulz.«

Die Stimme des Staatsanwalts wird zunehmend eintönig und monoton, als er Seite um Seite der Anklage verliest.

Bettina kann sich nicht mehr auf seine Worte konzentrieren, außerdem ist ihr alles total fremd. Ihre Gedanken schweifen ab. Zum ersten Mal seit langen Jahren denkt sie an ihre Zeit in Paris. Vielleicht hätte sie dort bleiben sollen.

»Danke, Herr Staatsanwalt.«

Der Vorsitzende wendet sich ihr zu.

»Frau Kleinert, Sie haben gehört, was Ihnen vorgeworfen wird. Es ist Ihnen freigestellt, sich zur Anklage zu äußern oder nicht zur Sache auszusagen. Wollen Sie aussagen?«

Alle Augen richten sich erwartungsvoll auf Bettina. Sie schweigt. Was hat sie damit zu tun? Was soll sie sagen? Sie weiß gerade mal, dass Helga Kleinert verheiratet war. Ihr Mann Friedrich Kortens ist bei einem tragischen Verkehrsunfall umgekommen. Bettina hat den Zeitungsbericht gesehen. Das hier geht sie doch eigentlich alles gar nichts an.

»Frau Kleinert, wie haben Sie sich entschieden, wollen Sie zur Sache aussagen?«

Die Stimme des Vorsitzenden drängt.

»Los, verärgern Sie das Gericht nicht. Sie müssen was sagen«, flüstert Bramsen an ihrem Ohr, leise aber deutlich zu verstehen. Er sitzt neben ihr, ganz gespannte Aufmerksamkeit. Sie blickt auf, sieht dem Vorsitzenden ins Gesicht und sagt dann laut und deutlich:

»Ich will mich nicht äußern.«

Sie hört Bramsen neben sich heftig atmen. Hinter ihrem Rücken hört sie Getuschel.

»Ruhe im Gerichtssaal«, ruft der Vorsitzende, »sonst lasse ich den Saal räumen.«

Er sieht sie eindringlich an.

»Es ist Ihr Recht nicht auszusagen. Aber haben Sie sich das auch gut überlegt?«

Bettina nickt zweimal und murmelt: »Doch, doch, das habe ich.«

4. Kapitel

Zwei Tage später. Gleiches Szenario, gleiches Procedere. Die Beweisaufnahme beginnt. Als erster Zeuge wird Johann Wilde, achtundvierzig Jahre alt, Apotheker, gehört. Er erklärt:

»Von einem guten Freund beim Apothekerverband hörte ich, dass die Löwenapotheke in Sulz zum Verkauf steht. Die Inhaberin Frau Esser wollte sich zur Ruhe setzen und ins Altenheim ziehen. Ich habe eine Apotheke im Nachbarort und wollte expandieren. Mit Frau Esser bin ich mir bald einig geworden. Damit die Übernahme schneller ging, schließlich wollte ich einiges renovieren und eine moderne Einrichtung anschaffen, habe ich Frau Esser bei den Abschlussarbeiten und der Inventur geholfen. Dabei stellten wir fest, dass einige der ganz schweren Barbiturate fehlten. Das Giftbuch war korrekt geführt, aber bei näherer Betrachtung bemerkte ich zufällig, dass dort Auslieferungen auf Rezepte eines Dr. Valisius aus der Kreisstadt vermerkt waren. Dieser Arzt ist ein alter Schulfreund von mir. Er hat vor sechs Jahren seine Praxis aufgegeben, um in Ghana die Leitung eines Buschkrankenhauses zu übernehmen. Die Angaben konnten also nicht stimmen. Zu den angegebenen Daten, es waren insgesamt fünf, war Dr. Valisius längst abgereist. Ich habe ihn selbst zum Flughafen gefahren. Frau Esser war außer sich. Das sei ihr noch nie passiert, immer sei alles korrekt gewesen. Ich fragte, wer die Eintragungen vorgenommen habe. Das sei Frau Kortens gewesen, die habe über zehn Jahre bei ihr als Apothekerin gearbeitet und die Apotheke praktisch allein geführt. Nach dem tragischen Unfalltod ihres Mannes habe Frau Kortens gekündigt und sei fortgezogen, wohin, wusste Frau Esser nicht.«

Der Vorsitzende zeigt dem Zeugen einen schmalen Hefter.

»Ist das die Inventurliste der Apotheke mit dem Verzeichnis der fehlenden Medikamente, die Sie damals erstellt haben, und ist dies das Giftbuch?«

Johann Wilde schaut sich die einzelnen Seiten der Inventurliste an, blättert und gibt alles zurück.

»Ja, so ist es. Hier sind auch die Unterschriften von Frau Esser und mir.«

»Wie ging es dann weiter, wem haben Sie von diesen Feststellungen erzählt?«

»Bevor ich an dem Abend zurück nach Hause fuhr, beschloss ich, noch etwas zu essen. Schräg gegenüber der Apotheke ist das Gasthaus »Zum Bären«. Die Küche ist gut und den Wirt kenne ich aus dem Kirchenchor. Er begrüßte mich gleich und brachte mich zu einem Ecktisch, an dem ein Stammtisch tagte. ›Alle mal herhören‹, rief er der Stammtischrunde zu. ›Das hier ist mein Kumpel aus dem Kirchenchor, Johann Wilde. Den werdet ihr hier demnächst öfter sehen. Er hat die Löwenapotheke gekauft.‹ Ich wurde natürlich gleich von allen ausgefragt und irgendwann erzählte ich auch von den Feststellungen bei der Inventur. Während ich aß, bekam ich mit, dass diese Angelegenheit heftig debattiert wurde. Nach zwei, drei Gläsern Bier bin ich dann nach Hause gefahren, ich war müde. Mehr weiß ich nicht. Ich habe der Angelegenheit keine größere Bedeutung beigemessen und hatte sie fast vergessen, als auf einmal die Polizei auftauchte und mich vernommen hat.«

»Noch Fragen an den Zeugen?«

Der Vorsitzende schaut von einem zum andern. Er überreicht Johann Wilde ein Formular.

»Damit machen Sie Ihre Auslagen geltend. Danke, Herr Wilde, Sie sind entlassen.«

Während der Zeuge seinen Mantel vom Garderobenständer holt, merkt Bettina, wie er sie intensiv mustert. Die Mundwinkel verächtlich herabgezogen, verlässt er dann schnellen Schrittes den Sitzungssaal.

Der Vorsitzende teilt mit, dass beabsichtigt war, auch Hermine Esser als Zeugin zu laden. Die sei inzwischen dreiundachtzig Jahre alt, nach Mitteilung ihres Arztes sehr gebrechlich und könne kaum gehen. Deshalb habe das Gericht davon abgesehen, ihr die beschwerliche Reise zuzumuten. Sie sei vom beauftragten Richter in Sulz vernommen worden. Dann wird die Niederschrift dieser Vernehmung verlesen. Zum Ablauf der Inventur berichtet Frau Esser das gleiche wie Johann Wilde. Zur Stellung von Frau Kortens befragt heißt es dann weiter: »Helga Kortens ist approbierte Apothekerin, sie arbeitete seit über zehn Jahren ganztags in meiner Apotheke. Ich habe mich weitgehend zurückgezogen und ihr voll vertraut. Frau Kortens war umsichtig, kenntnisreich und beliebt bei den Kunden. Sie kümmerte sich um alles und hat die Apotheke praktisch allein betrieben. Es gab nur noch eine Putzfrau, manchmal eine Praktikantin oder einen Auszubildenden.«

Die Verhandlung wird kurze Zeit unterbrochen. Etliche Zuhörer und Dr. Schneider stürzen hinaus, um schnell eine Zigarette zu rauchen. Beim Gehen nesteln sie schon die Zigaretten aus der Tasche, um nur ja keine Zeit zu verlieren. Alles Süchtige, denkt Bettina, können nicht ohne Glimmstängel sein.

5. Kapitel

Als nächstes wird der Gerichtsmediziner Dr. Moritz Wilhelm hereingerufen. Nachdem er seine Ladung gezeigt und Angaben zur Person gemacht hat, wird er aufgefordert, sein dem Gericht vorliegendes Gutachten über die Exhumierung zu erläutern. Umständlich und in vielen, wie Bettina findet, unappetitlichen Einzelheiten schildert er den Zustand des Korpus. Dank eines qualitativ hochwertigen Eichensarges und der örtlichen Bodenbeschaffenheit sei dieser in einem noch frühen Verwesungsstadium gewesen. Er habe die inneren Organe identifizieren und untersuchen können. Er habe auch Proben vom Haupt- und Barthaar genommen. Die Analysen seien eindeutig. Es habe Spuren von – und nun kommt eine ganze Kette lateinischer Ausdrücke, die Bettina nicht versteht – in einer Konzentration gegeben, die ausgereicht hätte, einen »Ochsen« – so Dr. Wilhelm – zur Strecke zu bringen.

Der Vorsitzende und seine Beisitzer befragen den Sachverständigen intensiv nach Einzelheiten. Sie wollen vor allem wissen, wann und wie schnell die betäubende Wirkung eingesetzt hat und ob der Tod möglicherweise bereits vor dem Unfall eingetreten war.

»Dazu kann ich nicht viel sagen«, erklärt Dr. Wilhelm. »Die Wirkung ist von der Konstitution abhängig und auch davon, was und welche Menge der Betroffene beim Verabreichen der Mittel zu sich genommen hat. Sie setzt naturgemäß bei nüchternem Magen am schnellsten ein. Eine Analyse des Magen- und Darminhalts war inzwischen nicht mehr möglich. Sicher ist, dass die verabreichten Substanzen nach Art und Konzentration mit absoluter Sicherheit innerhalb einer halben Stunde zum Tod führen.«

Dr. Wilhelm wird die Liste von Medikamenten und Barbituraten vorgelegt, die in Hermine Essers Apotheke bei der Inventur gefehlt haben.

»Haben Sie davon etwas im Körper des Exhumierten feststellen können?«

»Ja, bis auf diese zwei hier.« Dr. Wilhelm zeigt auf die Liste.

»Aber das liegt daran, dass die vom Körper so absorbiert werden, dass sie nach sechs bis acht Monaten nicht mehr nachweisbar sind. Eine diesbezügliche Analyse ist nur zusammen mit dem Magen- und Darminhalt möglich.«

Der Vorsitzende blickt seine Beisitzer an.

»Noch Fragen an den Sachverständigen?«

Die Richterin meldet sich zu Wort.

»Im Polizeibericht ist angegeben, dass es keine Augenzeugen gibt und der Unfallzeitpunkt geschätzt wurde. Ausgehend davon und bei Annahme einer Geschwindigkeit von einhundertzwanzig bis einhundertfünfzig Stundenkilometern – was für die kurvenreiche Straße bei weitem zu viel war – dürften seit Abfahrt von der Wohnung bis zum Erreichen der Unfallstelle etwa fünfzehn Minuten vergangen sein. Können Sie angeben, ob Friedrich Kortens zu diesem Zeitpunkt infolge der verabreichten Substanzen das Bewusstsein verloren hatte und dann gegen den Baum geprallt ist oder ob er bereits tot und der Wagen führerlos war?«

»Diese Frage kann ich nicht beantworten, weil sich das nicht feststellen lässt. Beide Kausalverläufe sind denkbar.«

»Haben Sie noch Fragen, Herr Staatsanwalt? Herr Verteidiger?« Der Vorsitzende sieht von einem zum anderen.

»Nein danke, mir ist alles klar«, sagt Dr. Schneider. »Er ist entweder durch die verabreichten Barbiturate getötet worden oder er ist infolge ihrer Wirkung gegen den Baum gefahren, jedenfalls wäre er ohne sie nicht tot.«

»Heben Sie sich das für Ihr Plädoyer auf«, weist ihn der Vorsitzende zurecht.

»Ich habe noch eine Frage.« Bramsen steht auf.

»Herr Sachverständiger, nach Art und Menge der von Ihnen genannten Substanzen ist es meines Erachtens unmöglich, die jemandem ins Essen oder ins Getränk zu mischen, ohne dass er es bemerkt. Ich bestreite, dass meine Mandantin ihrem Ehemann einen solchen Cocktail überhaupt hätte verabreichen können, geschweige denn, ihn verabreicht hat.«

Bramsen nimmt umständlich seine Robe zusammen und setzt sich. Ein zufriedenes Lächeln umspielt seine Lippen.

»Herr Sachverständiger, Sie haben gehört, was der Herr Verteidiger gesagt hat. Was meinen Sie dazu?«, fragt der Vorsitzende.

»Das ist schwer zu sagen. Die Geschmacksnerven der Menschen sind unterschiedlich fein entwickelt. Der eine merkt es, der andere nicht. Es ist jedoch möglich, den Geschmack zu überdecken. Ein starker Kaffee mit viel Zucker, etwa ein Espresso, oder ein würziger Käse, ich denke an Roquefort oder Mainzer mit Zwiebeln und Senf, wären dazu durchaus geeignet.«

»Noch Fragen an den Sachverständigen?«

Beisitzende Richter, Schöffen und Dr. Schneider verneinen.

Danach wird die Verhandlung vertagt. In drei Tagen soll die Sitzung fortgesetzt werden.

Bramsen will unbedingt noch etwas mit Bettina besprechen, aber sie winkt ab. Ungehalten und ziemlich laut, so dass es im ganzen Gerichtssaal gehört wird, sagt er:

»Aber Frau Kleinert, wie soll ich Sie verteidigen, wenn Sie es ablehnen mit mir zu sprechen?«

Dr. Schneider und die beisitzenden Richter, die noch dabei sind, Akten, Gesetzestexte und Kommentare einzusammeln, blicken interessiert auf. Bettina dreht sich zu Bramsen um, mustert ihn und sagt mit unbewegter Miene:

»Ich habe Sie nicht darum gebeten und Sie auch nicht beauftragt.«

Kopfschüttelnd rafft Bramsen seine Unterlagen zusammen, stopft sie in den Aktenkoffer und rauscht mit wehender Robe aus dem Saal.

6. Kapitel

Am nächsten Verhandlungstag werden zunächst die Eheleute Jakob und Helene Malzkorn als Zeugen gehört. Nach dem Aufruf betritt ein alter Herr den Gerichtssaal: schütteres weißes Haar, wettergegerbtes Gesicht, Hornbrille mit dicken Gläsern. Eine junge Frau um die Mitte zwanzig in Jeans und Pullover führt ihn am Arm.

»Herr und Frau Malzkorn?« fragt der Vorsitzende.

»Ich bin Jakob Malzkorn«, sagt der alte Herr und tapert an den Richtertisch.

»Hier ist meine Ladung. Meine Ehefrau ist erkrankt und nicht reisefähig. Ich habe gestern angerufen und mitgeteilt, dass ich allein komme. Hier ist das ärztliche Attest.«

Die Richterin blättert in der Akte und reicht sie dem Vorsitzenden.

»Hier ist der Telefonvermerk der Geschäftsstelle«, flüstert sie ihm zu.

»Ich habe meine Enkelin mitgebracht, weil ich nicht gut sehen kann und etwas unsicher gehe. Nächste Woche werde ich am grauen Star operiert. Kann sie hierbleiben?«

»Aber sicher. Setzen Sie sich auf die Zuhörerbank.«

Der Vorsitzende nickt der jungen Frau zu und bedeutet dem Wachtmeister, den Zeugen zu seinem Platz vor der Richterbank zu führen. Der setzt sich schwerfällig und schaut Richtung Anklagebank.

Bettina betrachtet Jakob Malzkorn. Das also ist der Nachbar von Helga Kleinert, der die ganze Sache ausgelöst hat. Nur gut, dass er schlecht sieht. Was wäre wohl, wenn er merkt, dass ich gar nicht seine frühere Nachbarin bin? Obwohl, er würde es wahrscheinlich nicht merken. Männer sehen nicht so genau hin und können Frauen sowieso nur vage beschreiben. Es sei denn, es handelt sich um sexy Blondinen mit Kurven und knackigen Hintern.

»So, Herr Malzkorn«, hört Bettina den Vorsitzenden, »dann erzählen Sie uns mal Ihre Beobachtungen. Sie und Ihre Frau waren ja Nachbarn von Helga Kleinert und ihrem Ehemann. Das heißt, damals hieß sie noch Kortens. Sie hat nach dem Tod ihres Mannes den Mädchennamen wieder angenommen. Zunächst schildern Sie uns bitte kurz, in welchem Verhältnis sie zu den Kortens gestanden haben.«

»Also«, beginnt Jakob Malzkorn, »wir wohnen in Sulz in der Kirchstraße 14, daneben in Nummer 12 wohnten damals die Kortens. Es sind Einfamilienhäuser. Unsere Garagen grenzen unmittelbar aneinander. Was unser Verhältnis anbelangt, wir waren eben Nachbarn. Friedrich Kortens und ich besuchten denselben Stammtisch, jeden Freitag Abend im Gasthaus »Zum Bären«. Wir grüßten uns, hatten aber sonst außer den üblichen kurzen Gesprächen über den Gartenzaun keinen näheren Kontakt. Das lag daran, dass sich unsere Ehefrauen nicht sonderlich mochten. Außerdem fürchtete meine Helene, dass der Friedrich einen schlechten Einfluss auf mich haben könnte.«

Jakob Malzkorn kichert kurz und schnäuzt sich umständlich in sein Taschentuch.

»Wieso denn das?«, fragt der Vorsitzende.

»Also, der Friedrich Kortens war ein wirklich gutaussehender Mann, das muss einfach gesagt werden. Er kannte seine Wirkung auf Frauen und pflegte sie. Nie war er einer Affäre abgeneigt. Als Finanz- und Unternehmensberater hat er sehr gut verdient. Er war über zwanzig Jahre älter als seine Frau und hätte sich eigentlich zur Ruhe setzen können, da er finanziell ausgesorgt hatte. Aber er hat immer noch gerne den einen oder anderen Auftrag übernommen oder es zumindest vorgegeben. Weil dann damit immer eine Reisetätigkeit verbunden war. Manchmal war er mehrere Tage weg. Sie verstehen.«

Jakob Malzkorn zwinkert der Richterbank zu. Bettina sieht, wie die Richterin die Augen verdreht und unhörbar, aber deutlich von den Lippen ablesbar *Männer* sagt.

»Also, wie war das damals? Sie haben angegeben, es sei so acht bis zehn Tage vor dem Unfall Ihres Stammtischbruders gewesen. Was haben Sie da beobachtet?«

»Den Tag weiß ich nicht mehr genau. Es war kurz vor Mitternacht. Meine Helene und ich hatten ausnahmsweise mal länger ferngesehen, weil es so ein spannender Film war, und waren dabei ins Bett zu gehen. Wir haben das Badezimmerfenster aufgemacht. Unser Badezimmer geht zur Garage. Wir machen nachts immer das Fenster im Badezimmer auf und lassen dann die Tür offen, damit die Mücken nicht direkt ins Schlafzimmer kommen. Wir hörten einen ziemlich lauten Streit. Der Friedrich war wohl gerade nach Hause gekommen und in der Garage, um seinen Porsche abzuschließen. Das Garagentor, so eins zum Runterziehen, war hochgeklappt. Frau Kortens stand im Nachthemd in der offenen Haustür, fuchtelte wild mit den Armen und schrie ihn an. ›Wo kommst du denn jetzt her? Von wegen Gespräche mit ... ‹, den Namen haben wir nicht verstanden, ›ich habe im Büro angerufen, du warst nicht da, auch letzte Woche nicht, es gab gar keinen Auftrag. Genau so wenig wie im Mai den Kongress in Berlin. Drei Tage! Du hast mich angelogen! Du alter geiler Bock, du! Warst wieder mit deinem Flittchen unterwegs. Das ist unerträglich! Ich bin es endgültig leid, das Maß ist voll. Ich lass mir das nicht mehr gefallen‹. Die Frau Kortens brüllte und keifte rum, das war unglaublich. Ich hätte ihr das nie zugetraut. In diesem Stil ging das Geschrei noch eine ganze Weile weiter. Dann sind die beiden ins Haus und wir haben nichts mehr verstanden. Der Krach hielt bis nach ein Uhr an. Ich habe noch überlegt, ob ich anrufen und mich über den ruhestörenden Lärm beschweren sollte. Aber das macht man ja nicht so gerne unter Nachbarn. Die hätten dann sicher gemeint, wir hätten gelauscht. Dem Friedrich wäre das peinlich gewesen. Wir haben dann Ohropax genommen.«

»Danke, Herr Malzkorn, den Streit haben Sie uns ja sehr plastisch beschrieben. Und dann später, am Unfalltag, was ist da geschehen?«

»Es war vielleicht ein oder zwei Wochen später. Ein Sonnabend, und ich habe wie fast jeden Sonnabend im Garten gearbeitet. Nach dem Kaffeetrinken habe ich den Rasen gemäht. Das muss so um fünf Uhr herum gewesen sein. Wir trinken immer so gegen vier Uhr Kaffee. Ich war gerade dabei, den Rasenmäher in der Garage zu verstauen, als der Friedrich aus dem Haus kam. Mir fiel auf, dass er sehr blass war und etwas unsicher ging. Mit fahrigen Bewegungen öffnete er das Garagentor, zitterte dabei und hatte Schwierigkeiten, das Schloss zu finden. Ich bin hinübergegangen und habe ihn gefragt, ob ihm nicht gut sei. Dann solle er doch besser nicht Auto fahren, sondern sich hinlegen. Er sagte, dass er bloß ein bisschen müde sei. Ich wisse ja, wie spät es am Vorabend beim Stammtisch war. Es würde ihm gleich besser gehen, er hätte eben noch einen doppelten Espresso getrunken. Er müsse unbedingt noch zu Ikea. Die Helga hätte einen Spiegelschrank fürs Badezimmer bestellt, den müsse er abholen und ihn am Sonntag festmachen. Sonst würde die Helga ihm die Hölle heiß machen. Sie wäre sowieso schon sauer auf ihn. Ich hätte sicher den Krach neulich nachts gehört. Das wäre kein Ausnahmefall gewesen. Dann ist Friedrich losgebraust. Er tat mir richtig leid, so schlecht sah er aus. Ikea ist im Nachbarort, das sind so um die zwanzig Kilometer. Sonnabends ist dort immer bis achtzehn Uhr geöffnet. Als dann der Unfall passiert ist, habe ich mir heftige Vorwürfe gemacht. Ich hätte den Friedrich aufhalten und ihm die Autoschlüssel wegnehmen müssen.«

Jakob Malzkorn nimmt die Brille ab und wischt sich die Augen.

»Noch heute mache ich mir Vorwürfe, immer und immer wieder. Ich hätte das alles verhindern können«, sagt er leise.

»Das glaube ich nicht«, sagt der Vorsitzende. »So, wie es aussieht, hätten Sie den Tod Ihres Stammtischbruders nicht verhindern können, allenfalls den Unfall. Sollen wir weitermachen oder benötigen Sie eine Pause?«

»Weitermachen«, murmelt Jakob Malzkorn.

»Gut, dann kommen wir zu dem Abend im »Bären«, als der Apotheker Johann Wilde bei Ihnen am Stammtisch auftauchte.«

»Also, wir saßen wie jeden Freitagabend am Stammtisch. Da kam der Wirt mit einem Mann zu unserem Tisch. Er stellte ihn uns als Apotheker Johann Wilde vor, der die Löwenapotheke gekauft hat. Wir luden ihn ein, sich zu uns zu setzen. Der Herr Wilde war ziemlich hungrig und vertilgte eine große Portion Schweinebraten mit Kraut und Knödeln. Dabei erzählte er uns, dass er den ganzen Tag in der Apotheke gewesen sei und zusammen mit der alten Hermine Esser Inventur gemacht habe. Dabei hätten sie festgestellt, dass Barbiturate fehlten. Im Giftbuch seien Eintragungen auf Rezepte eines Arztes gewesen, der schon längst weggezogen war. Frau Esser hätte erklärt, sie habe sich seit Jahren nur wenig um die Apotheke gekümmert. Dafür sei ganz allein ihre frühere Angestellte verantwortlich gewesen. Die habe nach dem Tod ihres Mannes gekündigt und sei fortgezogen. Eine Frau Kurten oder so ähnlich, ob wir die kennen würden. Klar, sagten wir, das ist doch die Helga Kortens, die hat die ganzen Jahre den Laden praktisch allein geschmissen. Aber wir waren uns einig, dass die mit solchen Unregelmäßigkeiten nichts zu tun haben konnte. Das passte einfach nicht zu der Helga. Da sei der Frau Esser, die schon ein bisschen senil war, wahrscheinlich was durcheinander geraten. Wir haben dann nicht mehr lange darüber gesprochen, es kamen andere Themen auf und der Herr Wilde ist dann auch bald gegangen.«

»Danke, Herr Malzkorn, das ist alles sehr plausibel. Wie kam es nun, dass Sie Verdacht schöpften? Denn es waren doch Ihre Beobachtungen und Überlegungen, die zu den anschließenden Untersuchungen geführt haben.«

»Also, nach dem Stammtisch gehe ich immer mit dem Franz Hilger nach Hause, der ist Lokalredakteur am Sulzer Tageblatt. Wir haben fast den gleichen Weg. Der hatte damals über den Unfall und die anschließende Beerdigung berichtet. Es hatte keine Untersuchung stattgefunden, denn der Hergang war eindeutig: überhöhte Geschwindigkeit, dafür war Kortens bekannt. Der Franz erinnerte sich daran, dass ich mir immer noch vorwarf, die Autofahrt vom Friedrich nicht verhindert zu haben. Ich hatte das seinerzeit nämlich am Stammtisch erzählt. Hilger ließ sich von mir nochmal genau schildern, wie das damals gewesen ist, wie der Friedrich ausgesehen und wie er sich verhalten hat. Bei dem Gespräch habe ich auch den Streit der Eheleute Kortens in der Woche davor erwähnt. Hilger wurde da auf einmal ganz aufgeregt. ›Mensch, Jakob‹, sagte er, ›das ist doch sonnenklar! Die Helga konnte den Friedrich nicht mehr ertragen. Sie hat das Gift oder Schlafmittel oder was immer es war aus der Apotheke mitgenommen, in sein Essen gemischt und ihn dann mit dem Auto losgeschickt. Jeder hier weiß, dass der Friedrich mit seinem Porsche wie ein Verrückter rast. Er wurde wahrscheinlich ohnmächtig oder ihm war schlecht und dann ist er programmgemäß gegen den Baum geknallt. Bei seinem Tempo hatte der keine Chance. Wir müssen was unternehmen‹. Ich war erst nicht so überzeugt. Das traute ich der Frau Kortens eigentlich nicht zu. Aber Hilger redete immer mehr auf mich ein, bis ich es schließlich für immerhin möglich hielt. Am nächsten Tag suchten wir Polizeikommissar Harms auf und erzählten ihm von unserer – besser Hilgers – Theorie. Ich habe dann noch erfahren, dass Friedrich exhumiert und Gift in seinem Körper gefunden wurde. Schrecklich, die eigene Ehefrau, kaum zu glauben, wozu Frauen fähig sind.«

Jakob Malzkorn blickt in Bettinas Richtung.

Ja, denkt diese, das hätte ich von der Helga Kleinert auch niemals gedacht. Elegant wie sie war, ganz Dame. Und die Wohnung mit so viel Geschmack eingerichtet. Ihre Bibliothek und die Musiksammlung, sie war kultiviert, liebte Musik und Literatur. So jemand soll eine kaltblütige Mörderin sein?

7. Kapitel

Jakob Malzkorn verlässt am Arm seiner Enkelin den Sitzungssaal. Bettina kommt das ganze Verfahren unendlich zäh und langsam vor. Sie hat Mühe wachzubleiben. Zwischendurch wird sie immer wieder gefragt, ob sie etwas sagen will, was sie stets verneint. Bramsen spricht leise, aber heftig auf sie ein. Sie müsse unbedingt eine Erklärung abgeben, das könne nur vorteilhaft für sie sein. Aber Bettina reagiert nicht, hört nicht hin. Gerade fragt der Vorsitzende, ob es noch Fragen zur Beweisaufnahme gibt oder Anträge gestellt werden. Bramsen erhebt sich:

»Herr Vorsitzender, ich beantrage meine Mandantin psychologisch/psychiatrisch begutachten zu lassen. Ich kann mir ihr Verhalten – auch mir gegenüber – nur so erklären, dass bei ihr offensichtlich eine schwere psychosomatische Störung vorliegt. Sie reagiert nicht, spricht nicht und scheint überhaupt nicht zu verstehen, was hier vorgeht und welcher Vorwurf ihr gemacht wird. Ein solches Verhalten habe ich bisher noch nie angetroffen. Es ist absolut unnormal und bedarf der Klärung. Ich vermute, dass bei meiner Mandantin ein neurologischer Befund diagnostiziert wird. Dann war sie zur Tatzeit schuldunfähig, zumindest aber nur eingeschränkt schuldfähig.«

Bramsen schnauft und setzt sich umständlich wieder hin. Bettina schaut ihn von der Seite erstaunt an. Verständnislos schüttelt sie den Kopf. Das ist doch die Höhe, denkt sie. Meint der, ich hätte nicht alle Tassen im Schrank? Da bin ich aber gespannt, was jetzt passiert.

Auf der Richterbank wird geflüstert. Der ehrenamtliche Richter scheint etwas zu fragen. Dann stehen sie alle auf und der Vorsitzende erklärt:

»Das Gericht zieht sich zur Beratung zurück, wir machen eine dreiviertel Stunde Pause.«

Zur Justizwachtmeisterin gewandt sagt er:

»Sie können die Angeklagte zurückbringen. Sie kann sich auch aus der Cafeteria etwas zu trinken oder zu essen holen lassen.«

Bettina lässt sich eine Cola und ein Käsebrötchen bringen. Sie ist dankbar, sich die Füße vertreten zu können. Zwei Justizbeamtinnen bringen sie in die Vorführzelle. Dabei wird sie von den Zuhörern neugierig gemustert. Die nutzen bestimmt die Gelegenheit, eine Gattenmörderin von nahe zu sehen. Das gibt ihnen ein angenehm gruseliges Gefühl, denkt sie. So sind die Menschen, genau wie beim Katastrophentourismus. Gut, dass sie keiner kennt. Außerdem hat sie ihren Ehemann ja gar nicht umgebracht, das ist eine andere gewesen. Wenn es stimmt. Hätte sie der kultivierten Frau Kleinert gar nicht zugetraut. Niemals. So kann man sich in Menschen täuschen.

Als Bettina nach der Pause zurück in den Sitzungssaal gebracht wird, sitzt Bramsen schon dort und macht sich Notizen. Der Wachtmeister ruft:

»Alle wieder Platz nehmen im Sitzungssaal, es geht weiter.«

Jetzt ist es so, wie Bettina es aus dem Fernsehen kennt. Als alle im Saal sitzen, geht am hinteren Ende die Tür auf, die Richter treten ein. Alles steht auf. Der Vorsitzende erklärt:

»Beschlossen und verkündet, der Beweisantrag wird abgelehnt. Das Gericht sieht keine Veranlassung, die Angeklagte begutachten zu lassen. Sie hat alle Fragen zur Person ohne zu zögern ausführlich beantwortet. Wenn sie zur Sache schweigt, so ist ihr das unbenommen. Sie nimmt damit ein gesetzlich verankertes prozessuales Recht wahr. Rückschlüsse auf ihre geistige Gesundheit oder ähnliches können und dürfen daraus nicht hergeleitet werden. Die Beweisaufnahme ist damit geschlossen. Herr Staatsanwalt, Ihr Plädoyer.«

Wie im Theater, denkt Bettina. Auftritt Dr. Schneider. Der erhebt sich, stützt sich mit beiden Händen auf den Tisch, holt tief Luft und beginnt mit Pathos.

»Hohes Gericht, die Beweisaufnahme hat eindeutig ergeben, dass die Angeklagte ihren Ehemann heimtückisch ermordet hat.

Sie hat Betäubungsmittel beiseite geschafft, sie ihm in hoher Dosis verabreicht und ihn dann mit dem Auto weggeschickt, um etwas zu besorgen. Als Apothekerin war ihr die Wirkung der Mittel bekannt. Sie wusste, dass ihr Ehemann stets mit überhöhter Geschwindigkeit unterwegs war und rechnete damit, dass er die Gewalt über den Wagen verlieren und tödlich verunglücken würde. Das war Teil ihres Planes. Sie hat ...«

Und so weiter und so weiter, bla bla bla, denkt Bettina. Hört der denn nie auf? Hört sich wahrscheinlich gerne selbst reden. Jetzt wedelt er auch noch mit den Armen. Würde sich auch gut auf der Bühne machen. So, endlich fertig. Ach nein, nur eine Kunstpause vor dem Schlusssatz:

»... ich beantrage daher, die Angeklagte Helga Kleinert zu einer Freiheitsstrafe von fünfzehn Jahren zu verurteilen.«

Bettina ist wie gelähmt. Meint der das etwa ernst? Aber sie war es doch gar nicht. Was soll sie machen? Soll sie etwas sagen? Aber was? Dann käme doch alles raus, wäre das nicht dasselbe? Während sie noch hin und her überlegt, bekommt sie nur am Rande mit, was Bramsen vorträgt.

Er spricht von nicht bewiesen, Unfalltod, Ehemann genauso gut tablettensüchtig, Selbstmord, allgemeine Rechtsgrundsätze, im Zweifel für die Angeklagte.

Bei seinem Schlusssatz, »... ich beantrage daher, die Angeklagte mangels Beweisen freizusprechen«, ist sie wieder voll konzentriert. Aber da ist das Plädoyer bereits zu Ende.

Alle schauen sie jetzt an. Sie spürt die Blicke fast körperlich, auch in ihrem Rücken. Die Stimme des Vorsitzenden:

»Frau Kleinert, Sie haben gehört, was der Staatsanwalt und Ihr Verteidiger vorgetragen haben. Sie haben nun das letzte Wort. Möchten Sie etwas sagen?«

Es ist still, eine erwartungsvolle Stille. Bettina steht da, schluckt einmal, zweimal, schüttelt den Kopf.

»Nein, ich möchte nichts sagen.«

Ein Raunen geht durch den Saal. Füße scharren.

»Dann ist die Verhandlung geschlossen. Das Urteil wird am Montag, dem 17. Februar 2003, um neun Uhr verkündet.«

Während Bettina abgeführt wird, läuft Bramsen hinter ihr her.

»Ist noch etwas? Sonst sehen wir uns beim Verkündungstermin.«

Es dauert eine Weile, bis sie zurück ins Gefängnis gebracht wird. Die Beendigung der Verhandlung gegen zwei Mithäftlinge muss noch abgewartet werden.

Wieder in ihrer Zelle, fühlt sie sich erschöpft. Das Abendessen, zwei Scheiben Graubrot, eine Scheibe Schwarzbrot, drei Scheiben Salami, eine Ecke Streichkäse, eine Tomate, dazu eine Kanne Pfefferminztee, steht bereits auf ihrem Tisch in der Zelle. Die Kehle ist ihr wie zugeschnürt. Sie versucht ein paar Bissen zu essen, trinkt einen Becher Tee. Die ganze Nacht wälzt sie sich schlaflos hin und her. Sie kann doch gar nicht verurteilt werden, sie hatte keinen Mann, den sie hätte umbringen können. Wieso soll sie dafür büßen? Und dann fordert dieser Staatsanwalt dafür auch noch fünfzehn Jahre. Unfassbar. Aber was hat Bramsen gesagt? Wenn es keine Beweise gebe, sei im Zweifel für den Angeklagten zu entscheiden, und das bedeute Freispruch.

8. Kapitel

In der täglichen Gefängnisroutine vergeht die Zeit bis zur Verkündung des Urteils nur langsam. Bettina ist ungeduldig, will es hinter sich bringen, Gewissheit haben. Endlich ist der Tag da. Der Transporter ist diesmal voll besetzt, auf beiden Seiten hinter den Sehschlitzen aufgereiht die Insassen, jeder in einer kleinen Kabine, mit Handschellen angeschlossen.

»Hey, auch heute Verhandlung? Was hast du ausgefressen?«, ruft eine grelle Frauenstimme.

»Ruhe dahinten«, schallt es von vorne.

Bei der Abfahrt von der Autobahn stehen sie eine ganze Weile im Stau. Aber sie haben genügend Zeit. Es ist erst halb acht. Draußen scheint die Sonne. Jetzt am Rhein spazieren gehen, den Schiffen zuschauen, das Tuckern der Dieselmotoren hören und anschließend im Sürther Bootshaus frühstücken. Wie herrlich wäre das, seufzt Bettina. Aber sie darf nicht ungerecht sein; sie hat es in den letzten Jahren, die so schön und sorgenfrei waren, schließlich oft genug genossen. Nie hatte sie für sich an eine solche Zukunft gedacht, wie sie sich dann so unvorhergesehen entwickelte.

In der Vorführzelle des Landgerichts heißt es erst mal wieder warten. Bramsen lässt sich nicht blicken, zum Glück, den hat sie endgültig verärgert. Dann ist es soweit. Sie wird in den Sitzungssaal gebracht, die Richter treten ein.

»Im Namen des Volkes ergeht folgendes Urteil: Die Angeklagte Helga Kleinert wird wegen Mordes an ihrem Ehemann zu einer Haftstrafe von zwölf Jahren verurteilt …«

Es rauscht ihr in den Ohren, ihre Knie werden weich. Wie aus weiter Ferne hört sie Bruchstücke der Begründung. »… das Gericht … davon überzeugt … nur sie … Gelegenheit … Motiv … nachgewiesen … nicht eigenhändig … Freiheitsstrafe schuldangemessen.« Dann ist alles zu Ende. Keine halbe Stunde hat es gedauert, ihr Leben zu vernichten. Bramsen, inzwischen herbeigeeilt, ist außer sich.

»Das ist doch nicht möglich«, sagt er immer wieder. »Das ist ein reiner Indizienprozess. Niemand kann Ihnen etwas nachweisen, da gilt die Unschuldsvermutung *in dubio pro reo*, man hätte Sie mangels Beweisen freisprechen müssen. Wir werden in die Revision gehen. Dafür brauche ich jedoch Fakten von Ihnen. Sie müssen mir sagen, was geschehen ist; ich bin Ihr Verteidiger. Sie können Vertrauen zu mir haben. Ich suche Sie die nächsten Tage in Ossendorf auf, um alles zu besprechen. Sobald das Urteil abgesetzt ist, werde ich Akteneinsicht nehmen, vielleicht findet sich etwas. Nur Mut, Frau Kleinert, nur Mut«, sagt er, umfasst ihre Hand mit seinen beiden schweißigen Händen und drückt sie kräftig.

Bettina lässt es wie in Trance geschehen. Sie sagt nichts, sieht ihn nur flüchtig an. Flankiert von zwei Justizwachtmeisterinnen, setzt sie mechanisch einen Fuß vor den anderen und verlässt den Verhandlungssaal. In der Vorführzelle sitzt sie apathisch auf dem Stuhl, starrt vor sich hin, ohne etwas zu sehen. Zwölf Jahre, hallt die Stimme des Richters in ihr nach. Zwölf Jahre für einen Mord an einem Mann, der nicht der ihre war; sie hatte keinen Mann, war nie verheiratet. Sie hat den Mord nicht begangen. Wenn überhaupt, dann war es Helga Kleinert, nicht sie. Sie ist Bettina, Bettina Gruhl. Ist sie das wirklich? Gibt es die überhaupt noch? Natürlich gibt es die noch, ich bin es doch, immer gewesen. Nein, Bettina Gruhl ist tot, sagt eine andere Stimme in ihr. Tot und begraben, seit vier Jahren schon. Find dich damit ab. Du bist jetzt Helga Kleinert und das mit allen Konsequenzen. Abfinden? Niemals, das ist ungerecht. Ist es das wirklich? Ist es nicht gerade gerecht im Sinne einer höheren ausgleichenden Gerechtigkeit?

In der Folgezeit weigert sie sich. Bramsen zu sehen. Jedes Mal, wenn es heißt, »Frau Kleinert, ins Besucherzimmer, Ihr Anwalt ist da«, lehnt sie es ab, mit ihm zu sprechen. Schließlich stellt Bramsen seine Versuche, mit ihr in Kontakt zu treten, ein.

9. Kapitel

Ja, so ist das damals bei der Verhandlung gewesen. Zwölf Jahre hat sie bekommen, zwölf Jahre für einen Mord, den sie nicht begangen hat. Unruhig geht sie in der Zelle auf und ab. Sie zieht den Hocker vor das vergitterte Fenster, klettert hinauf und schaut hinaus. Drei Stockwerke unter ihr sieht sie den öden Gefängnishof. Graue gleichförmige Gebäudeblocks mit zahlreichen quadratischen Fenstern, alle vergittert, umschließen das Rechteck. Windböen fegen darüber hinweg. Die Rasenfläche in der Mitte ist mit jungen Bäumen bepflanzt, die sich bei jedem Windstoß verneigen. Blätter tanzen in wirbelnden Kreisen. Dann prasselt ein Regenschauer herab, so heftig und dicht, dass sie kaum noch etwas sehen kann. Nach kurzer Zeit ist der Spuk vorbei. Nasse Dächer glänzen in der Abendsonne wie poliert. Der Hof ist übersät mit großen Pfützen. Spatzen stürzen hinab, um darin zu baden. Tauchen immer wieder mit den Köpfen hinein, sträuben das Gefieder und schütteln sich, dass die Tropfen fliegen. Unwillkürlich lächelt Bettina. Wahrscheinlich tschilpen sie dabei laut und fröhlich. Von hier oben kann sie es nicht hören, hat es aber oft genug in ihrem früheren Leben beobachtet. Vom Himmel kann sie kaum etwas sehen, nur einen kleinen Ausschnitt nach Westen hin. Sie sieht Wolkenfetzen, die allmählich weniger werden, und schließlich einen roten Schimmer. Der Widerschein des Sonnenuntergangs. Nur ein schwaches rotes Leuchten. Sie denkt an einen anderen Sonnenuntergang, den sie dank Helga Kleinert erlebt hat. In Capri, auf der Hotelterrasse über dem Meer, ein üppiger Garten, Oleanderbüsche übersät mit Blüten, weiß, rot und rosa, der Duft von Eukalyptusbäumen und Pinien. In der Hand ein Glas kühlen Weißwein. Der Himmel dort war rot, flammend rot, blutrot. Vor der versinkenden Sonnenscheibe die Silhouette von Segelbooten. Es war so unglaublich kitschig, aber auch so unglaublich schön, dass es ihr fast weh tat. Tief hat sich das Bild in ihrem Gedächtnis eingeprägt, so dass sie es heute zwischen diesen grauen Mauern jederzeit abrufen und davon zehren kann. Sie steigt vom Hocker, stellt ihn zurück in die dafür bestimmte Ecke. Wann wird sie wieder einmal einen richtigen Sonnenuntergang erleben? In Freiheit. Es muss nicht Capri sein. Köln würde ihr reichen. In ihrem früheren Leben, vor der Zeit im Gefängnis, stand sie oft an ihrem Küchenfenster und beobachtete, wie die Sonne unterging. Bei guter Führung und günstiger Sozialprognose kann sie nach Verbüßung von zwei Drittel der Strafe auf Bewährung entlassen werden, darauf hofft sie jetzt. Gegenzurechnen sind vier Jahre sorgenfreies Leben in finanziellem Wohlstand. Ist es das wert? Doch, auf jeden Fall. Sie ist eine andere geworden. Hat gelernt zu genießen, zu leben. Hat sie Schuldgefühle? Nein, die sind restlos abgegolten. Wenn sie nach acht Jahren rauskommt, ist sie sechzig Jahre alt. In dem Alter kann sie noch viel unternehmen. Zur Erholung erst mal die eine oder andere Kreuzfahrt. Um die Finanzierung braucht sie sich keine Sorgen zu machen. Helga Kleinert ist aus eigener Tätigkeit rentenberechtigt. Die Verurteilung hat darauf keinen Einfluss. Bettina hat sich erkundigt. Was allerdings mit der Witwenrente nach dem Tod Friedrich Kortens und der Lebensversicherung ist, weiß sie nicht. Sie ist aber nicht darauf angewiesen. Helga Kleinert besaß zum Zeitpunkt ihres Todes mehrere gutgefüllte Konten. Solange Bettina im Knast sitzt, gibt sie fast nichts aus. Die Nebenkosten für die Eigentumswohnung in der Grüngürtelstraße werden von dem Konto abgebucht, auf dem die Miete aus dem Haus in Sulz eingeht. Die Mieter dort sind zuverlässig und haben ihr sogar geschrieben. Dazu kommen die Zinsen von dem Festgeldkonto, auf dem das Geld aus dem Hausverkauf in Australien angelegt ist. Nur gut, dass sie ihr Misstrauen gegenüber Banken aufgegeben und sich hat beraten lassen. Ihre Situation wäre sonst ziemlich schwierig. Es wird sich alles finden. Sie streckt sich auf dem Bett aus, verschränkt die Arme unter dem Kopf, blickt hinauf zur fleckigen Betondecke und erlebt noch einmal, wie alles begann.

10. Kapitel

Sie wohnt im Süden von Köln in einem Hochhaus am Rhein. Es gibt zehn Stockwerke. Ihre Wohnung liegt im sechsten Stock, fünfundsechzig Quadratmeter, leider ohne Balkon. Im Sommer öffnet sie beide Flügel der nach Süden gehenden Fenster und setzt sich in die Sonne. Oder sie zieht mit Buch, Zeitung und Wasserflasche an den Rhein zur Rodenkirchener Riviera, wenige Minuten entfernt von ihrer Wohnung. Bei gutem Wetter ist es dort unglaublich voll. Sie hat oft Mühe, Platz auf einer Bank zu finden.

Sie mag ihre Wohnung, findet sie gemütlich. Ein Großteil der Möbel stammt noch von ihren verstorbenen Eltern. Eiche, deutsche Wertarbeit. Bettina lebt allein und ist eigentlich mit ihrem Leben ganz zufrieden. Mit neunzehn ist sie mit Pierre nach Paris gegangen und hat dort zwei Jahre mit ihm zusammengelebt. Wenn sie daran zurückdenkt, meint sie manchmal, sie müsse damals eine andere Frau gewesen sein. Zurück in Köln, ist sie bei der Mutter untergekommen und hatte in den folgenden Jahren keine Kraft, sich deren strenger und freudloser Autorität zu entziehen. Später gab es noch einmal einen Mann in ihrem Leben. Etwas älter, solide und zuverlässig. Sie fühlte sich wohl in seiner Gesellschaft und hatte ihn auf eine ruhige, unaufgeregte Art gern. Aber er war Busfahrer und deshalb nach Ansicht ihrer Mutter keine passende Partie für ihre Tochter, die angehende Diplombibliothekarin. Dabei hatte Bettina ihr Studium längst aufgegeben und beabsichtigte auch nicht, es wieder aufzunehmen. Ihre Stelle in der Stadtbibliothek genügte ihr, sie hatte keinen Ehrgeiz. Mutter stänkerte damals so lange, bis sie den Mann vergraulte. Eigentlich schade. Manchmal bedauert Bettina, sich nicht durchgesetzt zu haben. Ihr Leben wäre dann bestimmt anders verlaufen. Einmal hatte sie seinen Namen im Telefonbuch gesucht. Winfried Schultze, immer noch die alte Adresse in Poll. An einem Sonntagnachmittag rief sie dort an. Am Telefon meldete sich die Stimme einer Frau. Im Hintergrund hörte sie Kinderstimmen. Sie fragte nach einer Familie Hinterstein und legte dann mit »Entschuldigung, da habe ich mich verwählt« auf. Später lernt sie niemanden mehr näher kennen. Wie auch, sie kommt ja nirgends hin. In der Stadtbibliothek sind fast nur Frauen beschäftigt, bis auf zwei Männer, die sind natürlich verheiratet. So bleiben ihr die Wohnung und der Fernseher. Seit acht Jahren lebt sie in diesem Haus, kennt aber niemanden. Die Bewohner gehen meist grußlos aneinander vorbei. Auf jedem Stockwerk befinden sich drei Wohnungen. Ihr schräg gegenüber lebt ein altes Ehepaar. Sie verlassen ihre Wohnung nur selten. Wenn es doch einmal geschieht, tapern sie Hand in Hand dahin, ohne nach rechts und links zu sehen oder jemanden zur Kenntnis zu nehmen. Bettina grüßt sie anfangs noch, unterlässt es aber bald, weil sie die beiden nicht erschrecken will. Sie denkt bei ihrem Anblick immer an Philemon und Baucis. Ein bisschen beneidet sie die beiden Alten. Deren Einkäufe werden gebracht und zweimal die Woche kommt eine Polin zum Putzen.

Die größere Wohnung auf der anderen Seite bewohnt eine einzelne Dame. Helga Kleinert steht auf dem Türschild. Wenn Bettina von der Arbeit kommt, sieht sie hin und wieder Frau Kleinert wartend vor dem Aufzug stehen. Die geht wohl öfter aus, denkt Bettina. Sie könnte in meinem Alter sein. Allerdings wirkt sie viel jugendlicher, ist sorgfältig frisiert und immer elegant gekleidet. Sie grüßen sich und wechseln manchmal einige Worte. Über das Wetter oder den schlampigen Hausmeister, der den Eingangsbereich mal wieder nicht gekehrt oder im Winter nicht gestreut hat. Bettina betrachtet Frau Kleinert oft nachdenklich. Was ist an dieser Frau so anders, was macht ihre Wirkung aus? Ist es die Kleidung, die Frisur? Der aufrechte Gang, der Blick, mit dem sie andere ansieht? Bettina hat es genau beobachtet. Sind Mitbewohner im Aufzug oder auf dem Flur, so schaut jeder Frau Kleinert an. Dabei ist sie eigentlich nicht mal außergewöhnlich schön. Einmal hat Bettina in der Stadt gesehen, wie Frau Kleinert durch eine Menschenmenge ging, nein schritt und sofort wahrgenommen wurde. Als sie sich ins Straßencafé setzte, kam die Bedienung beflissen herbeigeeilt, um Frau Kleinerts Bestellung aufzunehmen. Zwei ältere Herren am Nachbartisch beugten sich hinüber und begannen ein Gespräch mit ihr. Bettina bleibt dagegen immer unsichtbar. Keiner sieht sie oder schaut sie an. Im Café hat sie Mühe, sich bemerkbar zu machen, um endlich etwas zu bestellen. Wenn Bettina Schaufenster anschaut, wird sie oft übersehen und angerempelt. Sie ist vom Typ her eben eine graue Maus. Da gibt es nichts zu beschönigen, so viel Selbstkritik muss sein. Ihre Haare sind ungepflegt. Sie steckt sie immer hoch, da braucht sie sich den ganzen Tag nicht mehr zu kämmen. Die Brille ist gut zehn Jahre alt und absolut unmodern. Der leichte dunkle Flaum über der Oberlippe wird immer deutlicher sichtbar. Ihre zweiteiligen Jerseykleider in gedeckten Grau- und Brauntönen stammen noch von ihrer Mutter. Dazu besitzt sie einige Hosen, sechs Pullover und für den Sommer fünf Blusen. Sie trägt Schnürschuhe, die mehr bequem als modisch sind. Schließlich ist sie auch den ganzen Tag auf den Beinen. Sie lebt unsichtbar. Ein Leben wie aus zweiter Hand, gefangen in der Welt der Bücher. Das ist ihr Leben, so ist sie es gewohnt. Bisher hat sie keine Anstalten gemacht oder Gelegenheit gehabt, etwas zu ändern. Obwohl der Wunsch dazu schon manchmal da ist, tief verborgen in ihrem Herzen.

11. Kapitel

Es ist der Tag nach ihrem siebenundvierzigsten Geburtstag. Sie hätte ihn fast vergessen. Die Kolleginnen erinnerten sie daran und da hat sie ihnen nach Arbeitsschluss in dem kleinen Eiscafé vor der Stadtbibliothek eine Portion Eis und einen Cappuccino ausgegeben. Sie kommt deshalb später als sonst nach Hause. Als sie gerade aus dem Aufzug tritt, öffnet Frau Kleinert die Wohnungstür.

»Guten Abend, Frau Gruhl. Kann ich nachher einmal kurz hin-überkommen? Ich muss mit Ihnen etwas besprechen. Sie sind meine letzte Rettung.«

Bettina ist ganz verdattert und sehr gespannt. »Aber ja, gerne.«

»Gut. In einer halben Stunde, wenn es Ihnen recht ist.«

Bettina ist ganz aufgeregt. Das ist ja noch nie passiert und absolut ungewöhnlich. Worum es wohl gehen mag? Sie bringt die Reste vom Frühstück in die Küche, holt ein Paket Salzstangen aus dem Schrank und stellt eine Flasche Limonade und eine Flasche Bier kalt.

Eine halbe Stunde später klingelt es.

»Ich habe uns eine Flasche Wein mitgebracht und sie auch schon geöffnet«, sagt Frau Kleinert und setzt sich aufs Sofa, während Bettina nach passenden Gläsern sucht. Frau Kleinert nimmt einen tiefen Schluck:

»Frau Gruhl, ich bin in einer ganz scheußlichen Situation. Nächste Woche fliege ich nach Australien. Meine Schwester lebt dort. Sie ist krank, Krebs im Endstadium. Die Ärzte haben ihr noch zwei, höchstens drei Monate gegeben. Sie ist verwitwet, ich bin ihre einzige lebende Verwandte.«

Frau Kleinert seufzt, füllt ihr Glas und knabbert an einer Salzstange.

»Das stimmt nicht ganz. Sie hat oder vielmehr hatte einen Sohn, Stefan. Der hat nach einem heftigen Krach mit seinem Vater das

Haus verlassen und ist durch die Welt gezogen. Da war er vierzehn oder fünfzehn. Sabine, meine Schwester, hat einige Zeit noch zu Geburtstagen und zu Weihnachten Postkarten bekommen. Aus Afrika, Indonesien, China, er scheint weit herumgekommen zu sein. Aber seit sechs oder sieben Jahren gibt es kein Lebenszeichen mehr von ihm. Nicht einmal zu Sabines fünfzigstem Geburtstag vor zwei Jahren hat er etwas von sich hören lassen. Deshalb gehen wir davon aus, dass er tot ist. Ich möchte meine Schwester wiedersehen und ihr in ihren letzten Wochen so gut ich kann beistehen. Nach ihrem Ableben wird dann eine ganze Menge zu regeln sein. Ich rechne damit, so etwa vier Monate abwesend zu sein.«

Frau Kleinert schweigt und schaut traurig vor sich hin. Sie greift zum Weinglas und fährt fort:

»Nun zu meinem Problem. Meine Hilfe hat mir vorige Woche gekündigt. Sie ist zu einem Freund nach Hannover gezogen. Ich habe niemanden, der während meiner Abwesenheit mal nach der Post und den Blumen sehen kann, da dachte ich … «

»Aber Frau Kleinert, das tue ich gern, ist doch selbstverständlich und keine große Mühe. Wir wohnen schließlich Tür an Tür. Sie können ganz beruhigt sein.«

»Da fällt mir ein Stein vom Herzen. Ich habe hin und her überlegt, wem ich das zumuten kann, aber bei allen, die mir einfielen, sind längere Anfahrtswege nötig. Bis ich auf Sie kam. Ich schlage vor, Sie kommen übermorgen zu einem kleinen Abendessen zu mir – natürlich nur, wenn es Ihnen passt –, dann kann ich Ihnen alles zeigen.«

Bettina stimmt zu. Und ob es ihr passt, sie hat ja sonst nichts, außer der Verabredung mit dem Fernseher.

Es ist ein schöner Abend. Der schönste, den Bettina seit Monaten – oder waren es Jahre? – erlebt hat. Frau Kleinert erzählt von ihren Reisen und bringt ihr eine neue Patience bei. Vielleicht sollte ich mir auch mal eine Flasche Wein kaufen und abends nicht immer nur Kräutertee trinken, denkt Bettina, als sie nach zwei Stunden angeregter Unterhaltung später als sonst ins Bett geht.

12. Kapitel

Sie kann die nächsten beiden Tage kaum abwarten. Pünktlich um zwanzig Uhr steht sie bei Helga Kleinert vor der Tür und klingelt. In der Hand hält sie Schreibblock und Kugelschreiber, um aufzuschreiben, woran sie denken soll. Sie betritt die Wohnung und schaut sich aufmerksam um. Es ist so ganz anders als bei ihr. Licht und freundlich ist der Gesamteindruck. Helle Möbel, Sofa und Sessel aus weißem Leder, ein Glastisch, moderne Leuchten, großer Fernseher – Flachbildschirm – und eine Stereoanlage. Acrylregale voller Bücher, ein Sideboard in Signalrot, Kübel mit Grünpflanzen und auf der marmornen Fensterbank üppige Orchideen, weiß und rosa. Geradezu begeistert ist Bettina von dem Balkon, der sich die ganze Wohnung entlangzieht, mit Blick auf Rhein und Dom und auf die andere Seite bis zum Siebengebirge.

»Vor der Arbeit essen wir zunächst gemütlich.«

Frau Kleinert zündet eine Kerze an, bringt Melone mit Parmaschinken, eine Platte Antipasti, warmes Baguette, Käse und Schwarzbrot. Sie trinken Rotwein. So gut hat es Bettina lange nicht geschmeckt. Anschließend erklärt Frau Kleinert, wie oft die einzelnen Pflanzen gegossen und wann sie gedüngt werden müssen.

»Die Kästen auf dem Balkon haben einen Wasserspeicher. Erst wenn der rote Anzeigestift nicht mehr zu sehen ist, muss nachgefüllt werden.«

Bettina notiert sich alles gewissenhaft.

»Die Zeitung habe ich abbestellt, an Post ist nichts Wichtiges zu erwarten. Einmal im Monat habe ich an einem Sonntag mein Opernabonnement. Sie sollten hingehen, die Aufführungen sind meistens sehr schön. In die Zeit meiner Abwesenheit fallen auch zwei Konzerte in der Philharmonie. Hier sind die Karten. Ich bin so froh, wenn Sie sich während meiner Abwesenheit um die Wohnung kümmern. Und hier ist noch eine Telefonliste.«

Bettina nimmt Wohnungs- und Briefkastenschlüssel entgegen, wünscht Frau Kleinert eine gute Reise und geht hinüber in ihre eigene Wohnung. Sie schließt ihre Tür auf und bleibt auf der Schwelle stehen. Was für ein Unterschied! Sie schaut nun mit anderen Augen. Welchen Eindruck Frau Kleinert wohl gewonnen hat? Entsetzlich. Bisher war Bettinas Wohnung für sie Zuflucht und Hort, ihre gemütliche Trutzburg gegen Hektik und die Fährnisse des Lebens. Aber jetzt erscheint sie ihr winzig, düster und fast bedrohlich. Ihre einzige Topfpflanze, eine Apidistra, verstaubt auf der Fensterbank. Die Stehlampe mit dem gefältelten Schirm wirft ihr abgedimmtes Licht in die Fernsehecke. Die Deckenbeleuchtung ist viel zu dunkel.

Wieso ist ihr das früher nie aufgefallen? Sie wird neue Lampen kaufen und für Helligkeit sorgen. Gleich morgen, nimmt sie sich vor.

13. Kapitel

Nach Frau Kleinerts Abreise übt sich Bettina Gruhl noch zwei Tage in Geduld, bevor sie hinübergeht. Lautlos schließt sie die Tür auf und tritt mit klopfendem Herzen ein. Sie geht fast auf Zehenspitzen. Eine fremde Wohnung ist ein magischer Ort, voller Geheimnisse und fremder Gerüche. Zu gießen ist noch nichts. Behutsam geht sie über das glänzende Parkett, die dicken Teppiche und schaut sich überall um. Im Schlafzimmer betrachtet sie das breite Bett mit dem Leopardenfell und streicht vorsichtig mit der Hand darüber. Weich und schmeichelnd fühlt sich das an. Im Badezimmer riecht sie an den Flakons mit Parfums und Ölen, schraubt Cremedosen und Tuben auf, schnuppert und verreibt einen Klecks auf ihrer Haut. Über allem liegt ein zarter Duft von Limonen und Rosen. Neben der Couch im Wohnzimmer steht ein Korb mit Zeitschriften. Sie holt sich eine Cosmopolitain und eine Vogue und geht damit auf den Balkon. Frau Kleinert hat alles stehen gelassen und nichts beiseite geräumt. Brauchte sie auch nicht, der Balkon ist ja überdacht. Tisch, Bank, Rollliege, alles gebrauchsbereit. Wunderbar, denkt Bettina, hier kann ich den Sommer genießen und brauche mir nicht am Rhein mit fremden Leuten eine Bank zu teilen.

In der Folgezeit hält sie sich mehr und mehr in Frau Kleinerts Wohnung auf. Es wird ihr zur Gewohnheit, nach der Arbeit schnell ihren Haushalt zu erledigen und sich dann auf den Balkon zu setzen, um die Tageszeitung zu lesen. Sie schaut in alle Schränke, stöbert im Bücherregal, immer bemüht, nichts durcheinanderzubringen oder zu verändern. Mit der Zeit wird sie mutiger.

Eines Abends, Frau Kleinert ist inzwischen schon drei Wochen weg, regnet es. Für den Balkon ist es nicht warm genug. Bettina geht ins Schlafzimmer, fasziniert von dem Spiegelschrank, der die ganze Seitenwand einnimmt. Sie öffnet die Flügeltüren und betrachtet eingehend Frau Kleinerts Garderobe. Ein Kleid nach dem anderen holt sie heraus, hält es sich vor dem Spiegel an und überlegt, ob ihr ein solches Kleid stehen würde. Einem plötzlichen Impuls nachgebend zieht sie Pullover und Hose aus, lässt sie einfach auf den Boden fallen und probiert ein cremefarbenes Hemdblusenkleid aus schwerer Seide an. Es passt ihr hervorragend. Die kühle Seide auf der Haut vermittelt ihr ein fast sinnliches Gefühl. Sie dreht und wendet sich vor dem Spiegel und kann sich nicht satt sehen. Eine völlig andere Frau schaut sie an. Allerdings beeinträchtigt ihr abstehendes struppiges Pferdehaar das Bild. Sie zieht das Kleid aus, legt es aufs Bett und läuft in ihre eigene Wohnung. Über der Badewanne wäscht und trocknet sie sich die Haare. Den Rest besorgt der Fön. Dann geht sie zurück und zieht das Kleid noch einmal an. Schon besser, stellt sie fest, aber trotzdem hässlich.

Am nächsten Tag endet ihre Arbeitszeit um siebzehn Uhr. Sie beschließt, einen Friseur aufzusuchen. Wann ist sie das letzte Mal bei einem Friseur gewesen? Sie überlegt, dass es Jahre her ist. In einen der eleganten Salons in Rodenkirchen mag sie nicht gehen, da hat sie Schwellenangst. Hinter der Bibliothek, in den Straßen um den kleinen Griechenmarkt findet sie einen bescheiden aussehenden Salon, in dem gerade niemand bedient wird. Sie zögert etwas, geht dann kurzentschlossen hinein. Eine nicht mehr ganz junge Frau kommt lächelnd auf sie zu.

»Was kann ich für Sie tun?«

»Ich, ich glaube … vielleicht etwas schneiden?«, stottert Bettina. Sie versteht sich selbst nicht. Warum ist sie so unsicher, so aufgeregt, nur wegen eines Friseurbesuches? Fragend blickt sie auf die Friseurin.

»Ich sehe schon, Sie brauchen einen neuen Schnitt. Etwas Modisches. Vielleicht einen Pagenkopf? Der würde Ihnen bestimmt gut stehen«, sagt die Friseurin fröhlich. Bettina nickt und lässt sich aufatmend in den Stuhl fallen. Sie vertraut auf die Kompetenz der

Fachfrau und ist erleichtert, dass ihr die Entscheidung abgenommen wird. Die Friseurin wäscht und massiert mit kreisenden Bewegungen die Kopfhaut. Das tut richtig gut.

»Ihr Haar ist stumpf und brüchig. Wenn es Ihnen recht ist, mache ich eine Pflegepackung drauf.«

Bettina nickt, ihr ist alles recht. Schließlich kämmt ihr die Friseurin das nasse Haar zurück, zupft daran herum, hält es erst in die eine, dann in die andere Richtung, blickt dabei neben Bettinas Gesicht in den Spiegel. Dann schneidet sie los. Ein Haarbüschel um das andere fällt zu Boden. Bettina bekommt es mit der Angst zu tun. Was ist, wenn die alles wegschneidet und nichts mehr übrig lässt? Sie blickt in den Spiegel, mustert die Einrichtung des Friseursalons, zählt die Blumentöpfe, die überall herumstehen, krampfhaft bemüht, an sich selbst vorbeizuschauen.

»So, fertig. Noch etwas Schaumfestiger und dann föne ich.«

Jetzt schaut Bettina gebannt zu. Sieht, wie ihr Gesicht durch die neue Frisur Konturen bekommt. Das Ergebnis gefällt ihr.

Zu Hause hält sie sich nicht damit auf, ihr Abendessen zu richten, sondern geht gleich in Helga Kleinerts Schlafzimmer und probiert Kleider an. Zuerst das cremefarbene. Sie stolziert vor dem Spiegel auf und ab und findet, dass sie gut aussieht.

Die Veränderung beginnt ganz allmählich. Zur neuen Frisur erwirbt sie im Kaufhof einen Hosenanzug, den sie nun immer in der Bibliothek trägt. Die Kolleginnen bemerken zunächst nichts. Erst als eine von ihnen nach zwei Wochen Urlaub zurückkommt, fällt ihr die Veränderung auf.

»Guckt mal, die Bettina«, ruft sie, »die wird ja richtig schick. Neue Frisur, neuer Fummel, die hat sicherlich einen Lover.«

Das Gelächter der anderen und die Blicke tun Bettina weh.

Am Sonntag zögert sie erst lange, ehe sie aus Frau Kleinerts Schrank ein schlichtes schwarzes Kleid nimmt und es anzieht. Dazu den Nerzmantel. Unglaublich, wie elegant sie aussieht.

Zur Einstimmung leistet sie sich im Foyer der Oper ein Glas Sekt und begibt sich zu ihrem Platz. Von der Sitznachbarin zur Linken hört sie ein geflüstertes »Guten Abend, Frau Kleinert«, da geht der Vorhang schon auf. Es gibt »Rheingold«. Das ist ohne Pause, da kann ich dann gleich verschwinden und brauche mit den Leuten, die Frau Kleinert offenbar kennen, nicht zu reden, denkt Bettina. Aber am Schluss der Aufführung wird lange geklatscht, und es ist ihr nicht möglich, sich durch die Reihe zu drängen. Sie steht noch an ihrem Platz, als der letzte Vorhang fällt. Kurzentschlossen wendet sie sich an die ältere Dame neben ihr.

»Ich bin nicht Frau Kleinert; sie ist für längere Zeit im Ausland.«

»Ach, Verzeihung …«, sagt die Dame und mustert sie.

»Es ist wegen des Kleides. Wir sitzen schon lange nebeneinander. Frau Kleinert trägt es öfter und ich habe es immer sehr bewundert. Es ist von Valentino. Sie hat es in Berlin gekauft, secondhand. Aber Sie sehen ihr sehr ähnlich … und dann das Kleid …«

Bettina zwingt sich zu einem Lächeln, unterbricht den Redefluss. »Ich bin die Schwester und hüte während ihrer Abwesenheit die Wohnung. Sie hat mir erlaubt, mich für die Oper aus ihrem Kleiderschrank zu bedienen.«

»Ach so, ja klar«, sagt die andere. »Dann wünsche ich Ihnen einen schönen Aufenthalt in Köln. Wir sehen uns bei der nächsten Aufführung sicher wieder.«

Auf der Heimfahrt mit der Linie 16 denkt Bettina darüber nach, womit man in solchen Situationen rechnen muss und ist sehr stolz auf ihre geistesgegenwärtige Reaktion.

14. Kapitel

Mit der Zeit wird es für sie selbstverständlich, in Frau Kleinerts Wohnung zu gehen. Sie badet ausgiebig in der Badewanne mit dem Whirlpool-Effekt, benutzt das fremde Schaumbad, als sei es ihr eigenes und hüllt sich zum Fernsehen in den flauschigen Bademantel der Nachbarin. Ohne darüber nachzudenken, öffnet sie eines Abends in der Küche eine Flasche Rotwein. So geht es Tag für Tag. Sie hat früher schon viel Zeit in ihrer eigenen Wohnung verbracht und ist nicht ausgegangen. Aber sie war doch hin und wieder einkaufen und hat – schon aus Gesundheitsgründen – regelmäßige Spaziergänge am Rheinufer und im Weißer Bogen unternommen. An Wochenenden ist sie bei schönem Wetter mit der Fähre, dem Krokodil, über den Rhein nach Zündorf in die »Groov« zum Kaffeetrinken gefahren. Jetzt hastet sie nach der Arbeit nach Hause, um es sich so schnell wie möglich in Helga Kleinerts Wohnzimmer gemütlich zu machen oder sich auf deren Balkon in die Abendsonne zu setzen. Ihre Einkäufe, nur das Nötigste, erledigt sie nach der Arbeit auf dem Nachhauseweg. Nach sechs Wochen schläft sie zum ersten Mal in Helga Kleinerts Wohnung. Wohlig räkelt sie sich auf dem breiten Polsterbett und genießt die nach Lavendel duftende seidene Bettwäsche auf ihrer Haut. Ein Gefühl von Luxus überkommt sie. Hier schläft es sich viel besser als in ihrem schmalen Holzbett, mit der vom vielen Waschen kratzig gewordenen Jersey-Bettwäsche und der durchgelegenen Matratze.

Ohne sich Gedanken darüber zu machen, was sie tut, lebt und wohnt sie nun fast ausschließlich in den fremden Räumen. Sie fühlt sich wie ausgewechselt, schwebend und unwirklich. Es ist eine Sucht, ein Sog, dem sie sich nicht entziehen kann. Sie will es auch gar nicht. Sie führt jetzt ein Doppelleben und genießt es.

Die Tage sind aufregend, vergehen wie im Flug. Sie zählt sie nicht, lebt im Hier und Jetzt. Denkt nicht daran, dass diese Zeit einmal enden wird, enden muss.

Eines Spätnachmittags, sie ist gerade nach Hause gekommen und noch in ihrer eigenen Wohnung, klingelt das Telefon.

»Hier ist Helga Kleinert. Guten Tag, Frau Gruhl. Wie geht es Ihnen? Ist zu Hause alles in Ordnung?«

Bettina weiß erst gar nicht, wer am Apparat ist. Sie hat Frau Kleinert völlig aus ihrem Gedächtnis verdrängt. Sie ist überrascht und kann kaum antworten »Ja, ja, guten Abend, alles bestens«, stammelt sie schließlich, bemüht, sich zu fassen. Die Stimme am Telefon fährt fort:

»Es war eine schwere Zeit. Vorige Woche habe ich meine Schwester begraben und bin noch dabei, den Haushalt aufzulösen und das Haus zu verkaufen. Es ist noch einiges an Formalitäten zu erledigen. Meinen Rückflug habe ich für übernächste Woche Freitag gebucht. Ich hoffe, bis dahin alles erledigt zu haben, und freue mich darauf, bald wieder zu Hause zu sein.«

Bettina murmelt einige Worte des Beileids. In der Wohnung sei alles in Ordnung, keine Schäden, keine vertrockneten Pflanzen. Dann wünscht sie einen guten Flug. Sie hört kaum hin, als Frau Kleinert von der Dürre und der fast unerträglichen Hitze spricht, und dass sie sich manchmal nach einem Kölner Regentag gesehnt habe. Erleichtert vernimmt sie das Klicken, mit dem der Hörer aufgelegt wird. Also noch genau sechzehn Tage, bis Frau Kleinert zurückkommt. Eine Galgenfrist. Die Vertreibung aus dem Paradies. Danach beginnt das alte Leben wieder. Grau und trübsinnig, in deprimierender Umgebung. Bettina kann sich überhaupt nicht vorstellen, wie es sein wird, Frau Kleinerts Wohnung aufzugeben und wieder in ihren eigenen Räumen zu leben. Wenn sie jetzt morgens erwacht, sieht sie Sonnenlicht durch die breiten Glastüren des Balkons hereinfluten. Sie freut sich täglich auf die Dusche mit den von allen Seiten sprühenden verstellbaren Düsen. Sie wird sich umgewöhnen müssen, so schwer es ihr auch fällt. Am besten fängt sie möglichst bald damit an. Sie verbringt eine letzte Nacht in dem üppigen Doppelbett, zieht es am Morgen ab und bringt die Bettwäsche zur Wäscherei. Am gleichen Abend beginnt sie damit, systematisch und sorgfältig die Spuren ihrer Anwesenheit zu beseitigen. Sie kann sich Zeit nehmen, jeden Tag ein bis eineinhalb Stunden, das dürfte genügen. Sie will alle Schränke polieren und alle Gegenstände abwischen, um nur ja keine Fingerabdrücke zu hinterlassen. Da ist sie sehr penibel. Sie weiß zwar nicht, wozu das gut sein soll, aber besser ist besser. Dann bleibt sie noch eine Weile vor dem Fernseher sitzen, bevor sie ihr eigenes Schlafzimmer aufsucht. Das erste Mal wieder, seit wie vielen Tagen? Als sie am nächsten Morgen erwacht, hat sie Schwierigkeiten sich zurechtzufinden, so sehr ist sie schon in die fremde Rolle geschlüpft, hat die Annehmlichkeiten des fremden Lebens verinnerlicht. Sie kann sich nicht vorstellen, wieder nur bei sich zu leben. Ihre eigene Wohnung, in der sie früher so zufrieden war, kommt ihr nun langweilig und hässlich vor.

Noch acht Tage. Ständig muss sie an die Rückkehr von Frau Kleinert denken. Bei der Arbeit hat sie Schwierigkeiten sich zu konzentrieren. Sie ertappt sich, wie sie geistesabwesend vor sich hin starrt, Recherchen falsch bearbeitet.

Es beginnt ganz allmählich, sacht, langsam. Eine Idee, warum nicht? Es geht, du schaffst das. Aber nein, niemals, wehrt sie die Gedanken ab, die sich ihr immer wieder ins Bewusstsein drängen. Aber es nagt an ihr, ist ständig da, mal lauter, mal ganz leise. Die innere Stimme raunt, lockt, verspricht, will nicht verstummen.

Noch vier Tage. Der Plan, schemenhaft zunächst, beginnt Gestalt anzunehmen. Einzelheiten müssen bedacht, Vorbereitungen getroffen werden. Zwei Tage vor Frau Kleinerts Rückkehr geht sie noch einmal durch deren Wohnung, schaut nach den Blumen, bezieht das Bett, richtet alles akkurat her. Am nächsten Tag nimmt sie wegen des angeblichen Todes eines Onkels in Brasilien ihren Jahresurlaub, kauft ein und trifft die letzten Vorbereitungen.

15. Kapitel

Heute kommt Frau Kleinert zurück. Bettina ist unruhig, angespannt. In der Nacht hat sie kaum geschlafen, hat in Gedanken alles noch einmal überprüft, jeden einzelnen Schritt überdacht.

Immer wieder schaut sie auf die Uhr. Am Nachmittag soll der Flieger auf dem Flughafen Köln-Bonn landen. Zu blöd, dass sie nicht nach der Uhrzeit gefragt hat.

Bettina läuft ruhelos auf und ab, schaut immer wieder durchs Vorderfenster auf die Straße. Sie traut sich kaum, auf die Toilette zu gehen.

In der Küche kocht sie sich einen Kaffee. Da, war da nicht ein Geräusch im Hausflur, das Schlagen einer Tür? Sie hastet zu ihrer Wohnungstür, reißt sie auf – nichts. Um sich abzulenken, schaltet sie den Fernseher ein. Sie sieht kurz zu, wie ein Sternekoch die Herstellung eines Risotto erläutert und dazu Steinpilze kleinschneidet. Aber wenn der Fernseher läuft, überhört sie möglicherweise die Ankunft von Frau Kleinert. Also schaltet sie ihn wieder aus. Schon viertel vor sechs. Das ist kein Nachmittag mehr, das ist schon Abend. Sie stellt sich ans Fenster. Hier rührt sie sich jetzt nicht mehr weg. Nach einer Ewigkeit, dabei ist gerade mal eine halbe Stunde vergangen, sieht sie, wie ein Taxi in die Straße einbiegt, die Fahrt verlangsamt und schließlich vor dem Haus anhält. Na endlich! Bettina nimmt hinter ihrer Flurtür Aufstellung und lauscht auf das Geräusch des Aufzugs. Da, er hält an, scheppernd öffnet sich die Tür. Das ist der richtige Moment. In der Hand den Mülleimer, wie um ihn nach unten zu bringen, öffnet sie die Wohnungstür und steht Frau Kleinert gegenüber, die gerade mit viel Gepäck den Aufzug verlässt.

»Willkommen zu Hause, hatten Sie einen guten Flug?«

Bettina stellt den Mülleimer zur Seite und hilft Frau Kleinert, Taschen und Koffer in die Wohnung zu bringen.

»Es war schon eine sehr lange und anstrengende Reise. Jetzt bin ich erst mal froh, wieder zu Hause zu sein. Die nächsten Tage werde ich mich richtig ausruhen«, sagt sie.

Wenn alles planmäßig läuft, wirst du dazu auch ausgiebig Zeit haben, denkt Bettina. Laut und betont herzlich sagt sie:

»Sie sind sicher hungrig und durstig. Ihr Kühlschrank ist leer. Kommen Sie doch rüber zu mir, ich habe für uns ein leichtes Abendessen vorbereitet.«

»Ach, ich weiß nicht ...« Frau Kleinert zögert. »... Ich bin ziemlich kaputt. Eigentlich wollte ich in die Badewanne und dann gleich ins Bett. Aber andererseits ... Noch ein bisschen plaudern ist sicher ganz entspannend. Geben Sie mir eine halbe Stunde. Ich mache mich nur frisch und ziehe etwas Bequemeres an.«

Bettina ist erleichtert. Sie hatte schon Sorge, dass ihr ganzer schöner Plan zum Scheitern verurteilt ist. »Also bis nachher«, sagt Bettina und bringt den Müll zum Container. Ein letztes Mal überprüft sie den schon vor Stunden gedeckten Tisch, zupft an den Servietten, rückt Gläser und Teller zurecht. In der Küche schüttelt sie die halbvolle Flasche mit dem Kräuterlikör noch einmal kräftig durch. Kurz darauf klingelt Frau Kleinert.

»Ganz herzlichen Dank, dass Sie meine Wohnung so gut versorgt haben. Alles ist wunderbar. Meine Pflanzen so frisch und grün, die Orchideen voller Blüten. Und obwohl ich so lange weg war, riecht es kein bisschen muffig. Sie haben sich ja unglaublich viel Mühe gemacht. Ich hätte Ihnen gerne eine landestypische Kleinigkeit mitgebracht. Aber ich habe nichts gefunden. Am Flughafen war es so hektisch, und es gab auch nur den üblichen Touristenschrott. Ich möchte Sie deshalb, wenn Sie mögen, in den »Alten Wartesaal« zum Essen und anschließend in ein schönes Konzert einladen.«

»Da freue ich mich sehr. Obwohl, es ist eigentlich nicht der Rede wert. So viel habe ich gar nicht getan. Ich habe gestern kräftig gelüftet und bin mal kurz mit dem Staubtuch durch«, sagt Bettina.

Mit dem Essen hat sie sich angestrengt. Eigentlich kann sie überhaupt nicht kochen. Üblicherweise taut sie etwas auf, öffnet eine Dose oder kauft eine fertige Mahlzeit. Da gibt es am Maternusplatz genügend Möglichkeiten, je nach Geschmack, von einfach bis edel. Aber für Frau Kleinert musste es etwas Besonderes sein: Es gibt gemischten Salat, Pasta mit Gemüse und Hähnchenfleisch, dazu Weißwein oder Kölsch. Trotz des anstrengenden Tages langt Frau Kleinert kräftig zu und ist schon bald bei der zweiten Flasche Bier angelangt.

»Es geht doch nichts über ein Kölsch. Das habe ich die ganze Zeit vermisst. Nichts löscht so gut den Durst.«

16. Kapitel

Frau Kleinert wird immer lebhafter. Sie beginnt zu erzählen. Wie ihre Schwester von Tag zu Tag schwächer wurde, von den Versuchen, den Verfall aufzuhalten und ihr zu helfen. Sogar einen Schamanen hat sie kommen lassen, der mit Tänzen, Gesängen, gemahlenen Knochen und bitteren Kräutertränken es immerhin geschafft hat, vorübergehend die Schmerzen zu lindern. Aber letztlich hat alles nichts genutzt. Frau Kleinert erzählt von der unerträglichen Hitze bei der Beerdigung, den Schwierigkeiten, den Haushalt aufzulösen und das Haus zu verkaufen.

»Erbe ist nämlich mein Neffe Stefan, der Sohn meiner Schwester. Aber der ist verschollen. Seit Jahren hat es kein Lebenszeichen von ihm gegeben. Allen Widrigkeiten zum Trotz ist es meinem Anwalt gelungen, den Erbfall so abzuwickeln, als wäre Stefans Tod nachgewiesen. Ich habe mich verpflichtet, dem Neffen das Erbe auszuhändigen, wenn er wieder auftauchen sollte. Bis zu einer offiziellen Todeserklärung, die ich erst noch beantragen muss, werde ich sein Geld nach bestem Wissen und Gewissen verwalten.«

Frau Kleinert erzählt und erzählt. Mühsam unterdrückt Bettina ihre Ungeduld. Wird die denn nie fertig? Eben hat sie gesagt, sie wäre müde und erschöpft, und jetzt? Bettina muss sich zum Essen zwingen. Hunger hat sie sowieso nicht, die Kehle ist ihr wie zugeschnürt. Sie stochert in ihrer Pasta, schiebt die Nudeln von der einen Seite des Tellers auf die andere. Ich denke, du hattest einen anstrengenden Tag und nun findest du kein Ende. Sie hört nur mit halbem Ohr zu. Ab und zu gibt sie ein zustimmendes oder bedauerndes Brummen von sich, um Anteilnahme zu bekunden und gespannte Aufmerksamkeit zu heucheln. Sie fiebert dem Ende der Mahlzeit entgegen. Ihr wird abwechselnd heiß und kalt, sie hat den Eindruck, dass ihr Adrenalinspiegel in grenzenlose Höhen gestiegen ist. Nun iss schon, iss endlich und erzähl nicht so viel, denkt sie.

Endlich ist es soweit. Helga Kleinert nimmt einen letzten Bissen, legt das Besteck beiseite und trinkt das Bier aus.

»So, jetzt muss ich aber gehen. Das war eine wunderbare Idee von Ihnen. Es hat mir richtig gut geschmeckt. Ungleich besser als dieses pappige Zeugs, das sie im Flieger immer servieren. Aber die haben auch nicht viele Möglichkeiten.«

Bettina bringt ein Glas Kräuterlikör.

»Das ist etwas ganz Besonderes. Zwar ziemlich stark gewürzt, aber der hilft verdauen.«

Nur mit äußerster Konzentration kann sie das Zittern ihrer Hand unterdrücken. Außerdem hat sie Angst, dass ihr die Stimme versagt. Frau Kleinert scheint die Unruhe nicht zu bemerken. Sie nimmt das Glas und kippt es in einem Zug hinunter.

»Schmeckt etwas streng, aber ganz apart.«

»Nicht wahr, man merkt richtig, wie es im Magen warm und aufgeräumt wird«, sagt Bettina und gießt erneut ein.

»Und Sie, trinken Sie nichts?«, fragt Frau Kleinert.

»Ich möchte ja gerne, nehme aber im Moment Medikamente, die sich nicht damit vertragen.«

Bettina blickt betont bekümmert und seufzt.

Frau Kleinert steht auf. »Das war ganz reizend, vielen Dank. Das nächste Mal bin ich etwas geselliger und werde Ihnen ausführlich von meiner Reise berichten. Jetzt packe ich noch ein bisschen aus und lege mich dann gleich hin. Wir sehen uns morgen.«

Sie wendet sich zur Tür. Zwei Schritte, sie schwankt und bricht zusammen. Bettina hat sie gespannt beobachtet und schiebt ihr schnell einen Stuhl unter. Sie wartet einige Zeit und betrachtet Frau Kleinert, die zusammengesackt auf dem Stuhl hockt. Dann läuft sie in die Küche, greift die vorbereitete Plastiktüte und das nasse Handtuch. Sie stellt sich hinter den Stuhl. Mit dem linken Unterarm zieht sie Frau Kleinert in Sitzposition. Das Handtuch presst sie ihr fest auf Mund und Nase und zieht ihr dann die Plastiktüte eng über den Kopf. Frau Kleinert ist apathisch und wehrt sich nicht. Nach einigen Minuten zucken ihre Beine. Sie beginnt zu strampeln und wirft den Kopf heftig hin und her. Bettina muss alle Kraft aufbieten, um sie auf dem Stuhl festzuhalten. Bald werden die Bewegungen schwächer. Eine Weile zittern Arme und Beine noch, dann nichts mehr. Das wilde Pulsieren der Halsschlagader beruhigt sich und hört schließlich ganz auf.

Bettina hat die Enden des Handtuches noch immer in der Hand, sie wartet. Zehn Minuten, eine Viertelstunde, eine halbe Stunde, sie weiß es nicht, die Zeit steht still. So einfach ist es also, einen Menschen umzubringen. Einen Menschen, der eben noch gelebt, geatmet, gegessen, getrunken und erzählt hat. Und nun? Ein schlaffes Bündel. Es ist genau so gelaufen, wie sie es sich vorgestellt hat. Die ganze Anspannung ist verflogen; sie empfindet nichts, ist ruhig und überhaupt nicht mehr aufgeregt.

Sorgfältig entfernt sie Plastiktüte und Handtuch und steckt beides in der Küche in einen Müllbeutel. Der Stuhl steht auf einem Läufer. Ohne besonders viel Kraftaufwand schiebt und zieht sie ihn mitsamt dem Körper ins Badezimmer. Seitlich vor der Badewanne kippt sie den Stuhl nach vorne und die Leiche rutscht frontal auf den Boden. Sie knöpft Frau Kleinert die Bluse auf, löst den Büstenhalter und zieht ihr beides aus. Die lange Hose, Slip und Strumpfhose streift sie in einem herunter. Von ihrem vielen Schmuck trägt Frau Kleinert nur eine Armbanduhr und ein Kettenarmband. Die sind leicht abzunehmen. Bettina bringt alles ins Wohnzimmer. Zurück im Bad, blickt sie einige Sekunden auf die gekrümmte nackte Gestalt zu ihren Füßen. Die hat wenig Ähnlichkeit mit der Frau, die keine zwei Stunden zuvor aus dem Aufzug getreten ist. Zögern hilft nicht, Bettina muss weitermachen, wie sie es geplant hat. Mit festem Griff fasst sie in Helga Kleinerts Haare, hebt den Kopf an und schmettert ihn mit aller Kraft auf den gefliesten Boden des Badezimmers. Es gibt ein unschönes krachendes Geräusch. Ein Blutstrom ergießt sich aus Mund und Nase. Vorsichtig und bemüht, kein Blut zu verschmieren oder Flecken abzubekommen, geht Bettina um den Körper herum und lässt Wasser in die Badewanne einlaufen. Sie gibt eine halbe

Flasche Badeöl hinzu und schäumt mit der Handbrause alles auf. Dann befeuchtet sie ihren großen Schwamm mit reichlich Schaum und bestreicht damit Frau Kleinerts Körper, betropft ihre Haare. Auch der Badezimmerboden erhält einige kräftige Spritzer. Sie stellt ihre Pantoffeln vor die Badewanne, legt ihr Nachthemd, den Bademantel und ein Badehandtuch über die Heizung und schließt die Badezimmertür. Das Licht lässt sie brennen. Im Wohnzimmer räumt sie den Tisch ab, spült in der Küche das gebrauchte Geschirr, besonders sorgfältig das Likörglas, und stellt alles in den Schrank. Den Rest des Likörs schüttet sie in den Ausguss, lässt mehrmals Wasser durch die Flasche laufen und steckt sie zu dem Handtuch und der Plastiktüte in den Müllbeutel. Aus der Schublade holt sie eine Großpackung »Merci«-Schokolade und legt sie auf den Tisch. Sie schließt die Vorhänge im Schlafzimmer, deckt das Bett auf und macht die Nachttischlampe an. Dann zieht sie sich aus, hängt Rock und Pullover auf einen Bügel, legt Strümpfe und Unterwäsche auf einen Stuhl und stellt ihre Schuhe dazu. Ihre eigene Armbanduhr und einen goldenen Ring mit einem Stein aus grünem Glas legt sie auf den Nachttisch. Sie nimmt Frau Kleinerts Hose und Bluse und zieht sie über, auch die Jacke von der Garderobe. Deren Unterwäsche, Schuhe und Strümpfe stopft sie zu der Likörflasche in die Mülltüte. Uhr und Armband von Frau Kleinert befestigt sie an ihrem eigenen Handgelenk. Die Schlafzimmertür bleibt halb geöffnet. Noch einmal schaut sie sich um, mustert systematisch Meter um Meter. Alles ist bedacht und geregelt. Diese Wohnung würde sie nie wieder betreten. Oder? Man kann nie wissen, sie nimmt erst einmal den Schlüssel mit.

Bettina Gruhl ist tot, Helga Kleinert lebt.

Sie ergreift die Mülltüte, Frau Kleinerts Handtasche, die jetzt die ihre ist, und huscht hinüber in die vertraute Wohnung. Dort schließt sie die Tür, dreht zweimal den Schlüssel um und lehnt sich mit dem Rücken gegen die Wand. Minutenlang steht sie so. Geschafft, denkt sie, es ist geschafft. Perfekt. Ich habe alles geregelt, alles ist in Ordnung.

Ich bin Helga Kleinert, Helga Kleinert, Helga Kleinert.

Sie drückt auf sämtliche Lichtschalter, bis alle Räume in hellem Licht strahlen. Im Flur stolpert sie fast über einen Koffer. Mitten im Wohnzimmer liegt eine geöffnete Reisetasche. Schuhe, Bücher und Papiere quellen heraus. Sie schiebt alles mit dem Fuß beiseite. Plötzlich beginnt sie zu zittern; sie friert erbärmlich, ihre Zähne klappern. Sie lässt Bluse und Hose fallen und wankt ins Badezimmer. Auf der Ablage verstreut ein Durcheinander von Schminkutensilien und Kosmetika. Sie schließt kurz die Augen, sieht nicht hin. Dann stellt sie sich unter die Dusche und lässt heißes Wasser über sich laufen, bis der Raum voller Dampf und ihre Haut krebsrot ist. Sie rubbelt sich trocken, zieht das wärmste Nachthemd an, das sie finden kann, darüber den Bademantel und holt eine Flasche Rotwein. In eine Decke gewickelt, verkriecht sie sich im Fernsehsessel. Nach den Nachrichten zappt sie durch die Programme auf der Suche nach einer interessanten Sendung oder einem Film. Aber überall Krimis und brutale Actionfilme. Schrecklich, denkt sie, gibt es denn auf dieser Welt nichts als Mord und Totschlag? Sie versucht zu lesen, Zeitung, Illustrierte, einen Roman, kann sich aber nicht konzentrieren. Der Rotwein hilft auch nicht. Schließlich nimmt sie eine Schlaftablette und legt sich ins Bett.

17. Kapitel

Am nächsten Morgen erwacht sie, als die Sonne durchs Fenster aufs Bett scheint. Erst sieben Uhr, so früh. Zu blöd, dass sie gestern Abend vergessen hat, die dichten Übergardinen zuzuziehen. Gestern Abend? Plötzlich sitzt sie kerzengerade im Bett. Gestern Abend? Nach und nach kommt die Erinnerung zurück, drängen sich Bilder in ihr Gedächtnis. Unschöne Bilder, eine grässliche Szene. Ist es wirklich so gewesen? Kaum vorstellbar, sie hat geträumt, vor dem Schlafengehen einen Krimi gesehen. Sie braucht Zeit, um sich zu orientieren. Aber könnte es sein, dass …? Sie schaut sich um. Sie liegt in Helga Kleinerts Bett, in deren Schlafzimmer, wie schon so viele Nächte zuvor. Das ist nichts Ungewöhnliches. Aber war da nicht …? Helga Kleinert wollte doch gestern zurückkommen, ist zurückgekommen. Ist sie tatsächlich zurückgekommen? Bettina ist jetzt hellwach, alarmiert. Auf bloßen Füßen geht sie ins Wohnzimmer. Dort steht ein Koffer, daneben eine geöffnete Reisetasche, unausgepackt, auf dem Boden liegt eine fremde Handtasche.

Bettina schlägt die Hände vors Gesicht. Entsetzen schüttelt sie. Sie beginnt sich zu erinnern. Etwas Schreckliches. Oh, mein Gott, was ist geschehen? Es ist beklemmend. Sie hat das Gefühl, dass sich etwas Grauenvolles ereignet hat. Langsam, ganz langsam, so, als würde sich ihr Unterbewusstsein dagegen sträuben, kehrt die Erinnerung an den vergangenen Abend zurück. Wie sie auf Frau Kleinert gewartet, mit ihr gegessen hat, und dann … Nein, das ist unmöglich, sie, die eher ängstlich ist – eine Mörderin? Niemals. Und doch, da sind diese Bilder vor ihrem inneren Auge. Es spricht einiges dafür. Das fremde Gepäck, die Handtasche, sie muss sich Gewissheit verschaffen. Bettina zieht sich an und will hinüberschleichen. Doch halt, warte. Sie zieht Handschuhe über, dünne Einweg-Latexhandschuhe. In der Küche steht ein Karton mit hundert Stück. Helga Kleinert benutzte sie bei Hausarbeiten, um ihre Hände zu schonen. Sie hatte sie Bettina gezeigt und ihr empfohlen, welche anzuziehen, wenn sie mit den Balkonpflanzen hantiert.

In ihrer alten Wohnung schaut sie zuerst ins Schlafzimmer. Die Nachttischlampe brennt, das Bett ist aufgeschlagen. Auf Zehenspitzen geht sie zum Badezimmer. Die Tür ist angelehnt, Licht schimmert. Ihr schaudert. Behutsam schiebt sie mit dem Fuß die Tür weiter auf. Sie zögert, will sich abwenden, sieht dann aber doch hin. Ein grauenvoller Anblick. Helga Kleinert, nackt, liegt verkrümmt auf dem Boden des Badezimmers, das Gesicht in einer angetrockneten Blutlache. Bettina starrt wie gebannt auf die Tote. Das dort, das ist nun sie, Bettina Gruhl, tot, ein für allemal.

Entsetzt schlägt sie die Tür wieder zu. Es ist schrecklich, zu schrecklich. Sie hustet, beginnt zu würgen. Nur durch äußerste Konzentration kann sie verhindern sich zu übergeben. Sie öffnet die Badezimmertür wieder einen Spalt. Das Licht lässt sie brennen, das ist wichtig. Darauf bedacht, nichts anzufassen – sie trägt zwar Handschuhe, aber man weiß ja nie – hastet sie zurück. Die Wohnungstür fällt ins Schloss mit einem Krach, der das ganze Haus aufwecken müsste. Aber nichts rührt sich. In der Sicherheit ihrer neuen Wohnung angekommen, lässt sie sich in den Sessel fallen und hält die Augen minutenlang geschlossen. Sie ist unfähig, einen klaren Gedanken zu fassen. Um sich zu beruhigen, atmet sie tief ein und aus und zählt dabei. Eins, zwei, drei … Nach einer Ewigkeit, sie ist inzwischen bei fünfhundertsiebenunddreißig angekommen, hört das Würgen auf und ihr Herzschlag beruhigt sich. Sie muss jetzt einen klaren Kopf behalten und jeden Schritt genau überlegen. Nichts darf mehr auf Bettina Gruhl hinweisen. Sie kann ihre EC-Karte nicht mehr benutzen und auch nicht ihr Girokonto und ihr Sparbuch. Das ist nicht weiter schlimm. Sie kennt Helga Kleinerts Kontoauszüge. Das ist weit mehr als das, was sich auf Bettina Gruhls Konten abspielt. Dazu kommen regelmäßige monatliche Einkünfte. Für eine Übergangszeit hat sie erst einmal genügend Bargeld. Sie macht sich einen Tee, isst dazu zwei trockene Zwiebäcke und geht dann ein allerletztes Mal in ihre alte Wohnung. Sie vermeidet den Blick auf die Tür zum Badezimmer und geht direkt ins Wohnzimmer. Jeden Gegenstand betrachtet sie so genau, als sehe sie ihn zum ersten Mal. Nun ja, es ist nicht das erste, aber schließlich das letzte Mal. Auf dem Beistelltisch neben dem Fernseher stehen silbergerahmte Fotos: ihre Eltern, sie selbst am ersten Schultag, bezopft mit Schultüte im Arm, die Gruppenaufnahme vom Abi-Ball in der Flora, das letzte gemeinsame Weihnachtsfest mit ihren Eltern, aufgenommen von der Nachbarin. Alles Erinnerungen, die ihr viel bedeuten. Sie will schon nach den Bildern greifen und sie mitnehmen, als sie im letzten Moment innehält.

Ihre Erinnerungsstücke, die Fotoalben, zehn Stück, müssen hier bleiben, es ist zu gefährlich. Ihre Vergangenheit ist tot, sie hat jetzt eine andere Biografie. Eine andere Familie, andere Fotos. Das Bild von Helga Kleinerts Eltern steht nebenan im Schlafzimmer auf der Frisierkommode. Ein gutaussehendes lächelndes Paar. Er im Smoking, sie im langen Abendkleid. Sie muss sich mit den Gesichtern vertraut machen, sie quasi adoptieren. Andere Aufnahmen zeigen einen Mann, daneben offensichtlich Frau Kleinerts Schwester mit Schwager und ein Kleinkind. Das dürfte der Neffe sein. Der ist verschollen, die anderen sind tot, das vereinfacht die Situation. Aus dem Bücherregal holt sie einen Schuber mit Goethes Werken in fünf Bänden. Dahinter steckt eine Blechdose, schwarz mit goldener Schrift. Auf der Vorderseite vier Papageien, das Gefieder blau und orange. »Stollwerk Knuspergold, feinste Mandel- und Nusspralinen seit 65 Jahren« steht darauf. Die gibt es jetzt nicht mehr, denkt sie wehmütig, es waren ihre Lieblingspralinen. Ordentlich stellt sie den Goethe zurück. Die Dose behält sie, die ist voller Geldscheine. Außerdem liebt und hütet sie die Dose. Anschließend überprüft sie systematisch Stück für Stück den Wohnungsinhalt. Kleidung und Wäsche bleiben vollständig zurück. Frau Kleinerts Kleiderschrank ist übervoll. Auf den eigenen billigen Modeschmuck kann sie verzichten. Allerdings erlaubt sie sich, fünf Lieblingsbücher mitzunehmen, die wird sie drüben zwischen die anderen Bücher einsortieren. Aus dem Nachttisch im Schlafzimmer nimmt sie die Ersatzschlüssel an sich. Noch ein letzter Blick in die Runde, dann klemmt sie die Stollwerkdose unter den Arm, nimmt die Bücher und bringt alles hinüber. Sie kehrt zurück, steckt den Wohnungsschlüssel von innen ins Schloss und zieht die Tür zu. Versonnen blickt sie auf das Schild an der Klingel. Bettina Gruhl steht dort. Das war's dann, leb wohl, denkt sie. Jetzt wird alles neu und besser. Einer Eingebung folgend probiert sie den Ersatzschlüssel an der Wohnungstür. Erstaunlich, es funktioniert, obwohl von innen ein Schlüssel steckt. Dann bleibt ihr die Möglichkeit, später noch das ein oder andere zu holen. Sie schließt von außen ab, es gelingt ohne Schwierigkeiten.

18. Kapitel

In Helga Kleinerts Wohnung, die nun ihre eigene ist, gießt sie sich einen Cognac ein und sinkt schwer atmend aufs Sofa. Sie nimmt einen Schluck, spürt, wie der Cognac ihr die Kehle hinunterrinnt. Eine wohlige Wärme durchströmt sie. Ganz allmählich beruhigt sie sich. Es ist geschafft, sagt sie sich, es ist geschafft. Immer wieder sagt sie es vor sich hin. Es ist geschafft, geschafft. Erst leise, flüsternd und dann immer lauter. Sie singt es förmlich. Geschafft, geschafft, geschafft, dabei geht sie mit schnellen Schritten im Zimmer hin und her. Ich bin in Sicherheit, keiner hat mich gesehen, niemand kann mir etwas anhaben. Die Tür ist verschlossen, der Schlüssel steckt von innen. Bettina ist tot, Helga lebt. Ich bin Helga, Helga Kleinert, das bin ich, ich, ich.

Immer noch verspürt sie ein leichtes Zittern in den Knien. Das einzige, was ihr jetzt hilft auf andere Gedanken zu kommen, ist ein Spaziergang, ihre kleine Runde. Den Rhein aufwärts bis hinter den Campingplatz am »Weißer Bogen«. Zurück über den Fuchskaulenweg, bei Rewe ein paar Kleinigkeiten einkaufen und wieder nach Hause. Sie sucht in Helga Kleinerts Schrank nach bequemen Schuhen. Alles nur hohe Absätze. Das muss sie ändern. In der Reisetasche findet sie ein Paar Laufschuhe. Vielleicht eine Idee zu weit, aber besser als zu eng. Von der Garderobe nimmt sie eine Lederjacke und verschließt hinter sich die Wohnungstür. Im Hausflur streift ihr Blick die Tür mit dem Messingschild *Bettina Gruhl*. Alles wie immer, keine Spur weist darauf hin, was sich dort ereignet hat. Im Flur ist niemand zu sehen. Mit leisem Sirren kommt der Aufzug, leer. Zwei Häuser weiter sieht sie den Briefträger mit seinem Fahrrad, er bemerkt sie nicht. Die Bewegung und die frische Luft tun ihr gut, sie geht zügig, läuft fast und merkt auf einmal, dass sie hungrig ist. Sie beschleunigt ihre Schritte und geht zum »Landhaus« am Tennisplatz. Auf der Terrasse unter den grünen Sonnenschirmen sind noch einige Tische frei. Sie bestellt ein Mineralwasser, Spaghetti und Salat. Sie hat gar nicht gemerkt, wie hungrig sie ist.

Gesättigt lehnt sie sich zurück, rückt etwas mehr unter den Sonnenschirm und lässt sich noch einen Cappuccino bringen. Es ist schön hier, so friedlich. Ein Duft von Lindenblüten weht herüber, so süß, dass sie glaubt, den Honig zu schmecken. Hoch oben am blassblauen Himmel zeichnen miniaturkleine Flugzeuge Kondensstreifen in die Luft. Von der Seite kreuzen zwei andere und überlagern die Linien. Es sieht aus wie beim Fis, der ersten Note mit Kreuz, die sie im Flötenunterricht gelernt hat. Dabei ist es dann im Wesentlichen geblieben, denn sie ist hoffnungslos unmusikalisch. Bettina rührt in der Kaffeetasse. Vom Reiterhof nebenan nähert sich das Klackern von Pferdehufen. Oberhalb der Hecke sieht sie die wippenden Oberkörper der Reiter vorbeiziehen. Wie im Kasperletheater, denkt sie, da sind die Puppen auch nur zur Hälfte zu sehen. Das gleichmäßige plopp plopp der Tennisbälle macht sie schläfrig. Wie durch Watte dringen die Rufe der Spieler zu ihr hinüber. Auf einmal schreckt sie hoch. Am Nebentisch hat sich eine junge Mutter mit einem etwa zweijährigen Jungen niedergelassen. Der Kleine haut kräftig auf der Tischplatte herum.

»Oh, Entschuldigung, habe ich Sie erschreckt?«

»Es ist nichts,« sagt Bettina, »ich bin nur kurz eingenickt.«

Sie sieht auf den stämmigen kleinen Jungen, der mit Eimer und Schaufel bewaffnet zum Spielplatz läuft, wo schon zwei Wichte im Sand mengen. Ein schönes Bild. Kinder backen Sandkuchen, Mütter eilen mit Taschentuch und Trinkflasche herbei. Junge Familien. Sie betrachtet die Szene, und als sie länger hinschaut, wird sie wehmütig. Familie, Kinder, und was habe ich? Ja, ich habe jetzt eine schöne Wohnung und ein gutes Auskommen, aber sonst? Ich bin allein, lebe ein fremdes Leben, bin eine Mörderin. Dabei hatte ich doch auch meine Chance. Sie bestellt einen zweiten Cappuccino und denkt zurück an jenen anderen Sommer. Wann war das? Achtundzwanzig Jahre ist es her, dabei sieht sie alles lebendig vor sich, als wäre es gestern gewesen.

19. Kapitel

Sie ist jung und voller Pläne, hat ein Zimmer im Studentenheim in der Bachemer Straße und studiert Bibliothekswissenschaften. In den Semesterferien arbeitet sie im Kaufhof. Während der Mittagspause bummelt sie durch die Schildergasse, in der einen Hand eine Cola, in der anderen ein Käsebrötchen. Vor der Antoniterkirche spielt ein junger Mann Gitarre und singt Chansons von Charles Aznavour, Gilbert Bécaud und Georges Brassens. Schulterlange Haare, blauschwarz wie Rabenflügel, fallen ihm ins Gesicht. Selbstvergessen, völlig seiner Musik hingegeben, singt und spielt er, wie es scheint, nur für sich. Zwei Wochen hört Bettina ihm jeden Mittag zu und lässt immer einige Münzen in den aufgeklappten Gitarrenkasten fallen. An einem lauen Sommerabend kommt sie aus dem Kaufhof, als er gerade sein Konzert beendet hat und dabei ist, die Gitarre einzupacken. Unwillkürlich entschlüpft ihr ein »Ach, schade.« Er muss es wohl gehört haben, denn er lächelt sie an und sagt:

»Morgen Mittag werde ich wieder für dich singen.«

Sie kommen ins Gespräch. Er heißt Pierre und stammt aus Lyon. Er studiert in Paris Musik und Geschichte. Mit seinem Auftritt als Straßensänger finanziert er eine Reise nach Schweden und Norwegen. Zwei-, dreimal gehen sie abends am Rhein spazieren. Dann zieht er weiter, verspricht aber, auf dem Rückweg nach Paris an derselben Stelle für sie zu singen. Er will dann etwas länger in Köln bleiben, um die Stadt kennenzulernen. Bettina möchte ihn unbedingt wiedersehen. Sie ist verliebt in ihn, seine Lieder, seine blauen Augen, die unter den schwarzen Haaren so seltsam zwingend hervorblicken. Jeden Mittag geht sie zur Antoniterkirche. Dann ist er auf einmal wieder da, steht lässig gegen die Mauer gelehnt und singt, als wäre er nie fort gewesen.

Bettina schmilzt dahin, jeden Abend treffen sie sich. Seine Küsse schmecken nach Abenteuer, seine Augen sind wie das Gletscherwasser der Fjorde, von denen er erzählt. Bettina ist ihm restlos verfallen. Die Nächte dieses Sommers sind warm. Sie lieben sich in seinem Zelt auf den Poller Wiesen. Sie blickt auf das Altstadtpanorama, den angestrahlten Dom und hört den Rhein rauschen, während Pierre ihr leise ins Ohr singt. Bettina ist glücklich, unsagbar glücklich. Als es für Pierre Zeit ist, Köln zu verlassen, kündigt sie ihr Zimmer, löst ihr Sparbuch auf und trampt mit ihm nach Paris. Die ersten Wochen sind voller Zauber. Sein Studio, wie er es hochtrabend nennt, ist in der Rue Muffetard, im vierten Stock eines betagten und etwas heruntergekommenen Mietshauses. Anderthalb Zimmer mit Blick auf Sacré-Cœur. Unglaublich romantisch, findet Bettina. Sie liebt es, mit ihm und seiner Clique durch die Straßen zu ziehen. An Wochenenden spielt und singt Pierre in den Bars und Cafés rund um Montmartre. Er verdient nicht besonders viel, aber das Abendessen und die Getränke – auch für seine Freundin – sind frei. In winzigen Lebensmittelgeschäften kauft Bettina ein. Rotwein, Käse, dazu das immer frische Baguette aus der Boulangerie an der Ecke, viel mehr brauchen sie nicht. An den Wochentagen, wenn Pierre sie allein lässt, um zur Universität zu fahren, streift Bettina durch die Stadt. Besichtigt Kirchen, verbringt Stunden im Louvre oder läuft an der Seine entlang. Sie nimmt selten den Bus, geht meistens zu Fuß, auch um zu sparen. Das Gedränge und die Luft in der Métro sind ihr zuwider. Eines Tages ist sie ziemlich weit vom Zentrum entfernt und muss nun doch die Métro nehmen, sonst kommt sie zu spät nach Hause. Außerdem will sie noch einkaufen. Beim Umsteigen am Étoile vermeint sie in den Gängen der Métro seinen Gesang zu hören. Aber das kann nicht sein, Pierre hat Vorlesungen in der Universität. Wer das wohl ist, der ihn so perfekt kopieren kann? Sie geht näher, traut ihren Augen nicht. Da ist Pierre, ihr Pierre, und sitzt auf einem Hocker, vor sich auf dem Boden den geöffneten Gitarrenkasten. Er spielt und singt, so, als würde er hierher gehören und nie etwas anderes tun. Seine Musik scheint zu gefallen, wie kann es auch anders sein. Es gibt reichlich Münzen, hin und wieder auch einen Schein. Im Schutz der Menschenmenge geht Bettina schnell weiter. Er hat sie nicht gesehen, bestimmt nicht. Außerdem hält er beim Singen die Augen meist geschlossen. Sie grübelt. Was hat das zu bedeuten? Braucht er Geld? Aber das hätte er doch sagen können, sie hat von ihren Ersparnissen noch einen Rest. Außerdem kellnert sie jeden Freitag und Samstag im »Le Lapin Vert«, hilft dort beim Aufräumen und in der Küche. Das bringt auch einiges ein. Als er am Abend nach Hause kommt, ist sie besonders zärtlich zu ihm. Der Rotwein hat Zimmertemperatur, sie hat einen Salat vorbereitet, dazu Wildpastete, die isst er besonders gern.

»Na, wie war dein Tag?«, fragt sie. »Du bist spät dran, wie kommt's?«

»Wir haben heute in Geschichte einen Test geschrieben, über die Bürgerrechtsbewegung und die amerikanischen Unabhängigkeitskriege. Da habe ich anschließend noch in der Bibliothek nachgelesen, ob alles richtig war.«

»Und, war es das?«

»Ja, im Wesentlichen schon. Es gibt ein paar Ungenauigkeiten, die fallen aber sicher nicht ins Gewicht.« Sie räumt seine Gitarre beiseite, deckt den Tisch und gießt Rotwein in die Gläser.

»Wenn du Vorlesungen in Geschichte hattest, wieso hast du dann heute die Gitarre mitgenommen?«, fragt sie beiläufig.

»Das liegt am Stundenplan. Die erste Stunde ist fast immer Sologitarre oder Orchesterspiel und erst danach kommt Geschichte. So war es auch heute morgen. Ich hatte bei Professor Brunelle Unterricht, und er hat mit mir ein wunderschönes Stück von Sarasate geübt.«

Sie weiß jetzt, dass er lügt.

20. Kapitel

Die nächsten beiden Wochen beobachtet sie ihn. Wenn Pierre – wie er sagt – zur Universität aufbricht, verlässt sie kurz nach ihm die Wohnung und fährt auf Umwegen zum Étoile. Sie stellt fest, dass er den ganzen Tag in den Gängen der Métro Musik macht. Der Klapphocker steckt in einem Campingbeutel, der im Keller versteckt ist. Während der ganzen Zeit, die sie ihm folgt, ist er nicht ein einziges Mal zur Universität gefahren. Sie gibt sich noch einige Tage Bedenkzeit. Als er an einem Abend besonders spät nach Hause kommt, stellt sie ihn zur Rede.

»Wo kommst du jetzt her?«

»Wie, wo komme ich her? Ich hatte Kurse in Geschichte und habe mit den Kommilitonen bei einem Glas Wein noch die Seminararbeit für nächste Woche besprochen. Das darf ich doch wohl, oder?«

Bettina ist ganz ruhig. »Du lügst«, sagt sie, »belügst mich schon die ganze Zeit. Von Anfang an hast du mich belogen. Es gibt keine Kommilitonen und keine Seminararbeit. Du bist überhaupt kein Student, sondern machst Musik in den Gängen der Métro. Straßenmusiker bist du, nicht viel besser als ein Bettler.«

Bettina merkt, wie Wut in ihr hoch steigt. Das will sie unbedingt unterdrücken. Erregt geht sie im Zimmer auf und ab.

Pierre schaut sie trotzig an.

»Ein-, zweimal habe ich das gemacht. Hatte mit den Kumpels gewettet, ob das was bringt, wollte neue Lieder für die Wochenendauftritte testen.«

»Du lügst immer weiter. Hältst du mich für blöd? Ich habe dich beobachtet, schon länger. Nicht ein einziges Mal bist du in die Universität gefahren. Sitzt immer an der Métrostation Étoile, dort, wo die Linien 2 und 6 abzweigen. Auf einem Klapphocker, den du im Keller versteckt hältst und morgens immer holst, bevor du aus dem Haus gehst.«

Pierre senkt den Kopf, sagt nichts.

»Du kannst mir nichts mehr vormachen, gib endlich auf und sag die Wahrheit.«

Nach einer Weile, die ihr endlos vorkommt, hebt er den Kopf, sieht sie an.

»Na und? Was hast du gegen Straßenmusik? Schließlich hast du mich dadurch kennengelernt. Und so schlecht leben wir doch auch nicht davon. Wir sind frei, unabhängig, können hingehen, wohin wir wollen.«

»Aber das hat keine Zukunft, du kannst nicht immer so leben. Sieh dir das hier an, eng, ohne jeden Komfort, kein vernünftiges Badezimmer. Das ist eine Zeit lang romantisch, aber auf Dauer? Und außerdem ... was wird aus mir?«

»Wie – was wird aus dir? Wir leben doch sehr vergnügt zusammen. Hat es dir je an etwas gefehlt?«

Mit der Linken zieht er sie an sich, umfasst ihren Hintern und beginnt ihn zu kneten.

Bettina entwindet sich seinem Griff.

»Lass das jetzt, wir müssen reden, ich will Klarheit.«

Pierre mault.

»Was willst du eigentlich? Du hast doch den Job im »Le Lapin Vert«, der ist sicher noch ausbaufähig. Außerdem werde ich immer besser. Du wirst sehen, eines Tages komme ich ganz groß raus. Werde Studioaufnahmen machen und im Moulin Rouge oder im Lido singen.«

Es hat keinen Zweck, denkt Bettina, er will mich einfach nicht verstehen. Er ist, wie er ist. Mechanisch räumt sie den Tisch ab, spült die Teller, zwei davon sind angeschlagen, im Waschbecken mit kaltem Wasser ab. Nach den Fernsehnachrichten gehen sie ins Bett.

»Komm, chérie, sei nicht so, wir wollen uns wieder vertragen«, flüstert Pierre und knabbert an ihrem Ohr. Er liebt sie, heftig und ungestüm. Bettina reagiert mechanisch, sie ist heute nicht recht bei der Sache. Pierre scheint es zu merken. Ohne ein weiteres

Wort dreht er sich zur Seite und schläft ein. Bettina lauscht seinen tiefen ruhigen Atemzügen. Wie kann er nur so unbekümmert sein, einfach so in den Tag hinein leben, ohne einen Gedanken an die Zukunft zu verschwenden. Noch lange liegt sie wach und grübelt.

21. Kapitel

Tage und Wochen vergehen, Bettina verspürt nicht mehr den alten Zauber. Zunehmend empfindet sie die Wohnung als eng und schäbig. Pierre hat für sie den Nimbus als charmanter talentierter Bohemien verloren. Er kommt ihr jetzt schlampig und ungepflegt vor. Außerdem raucht und trinkt er zu viel, viel zu viel. Sie überlegt auszuziehen und ihre Studien wieder aufzunehmen. Ja, das ist die Lösung. Vielleicht kann sie ein Stipendium bekommen und in einem Studentenheim unterkommen. Es gibt doch ein deutsch-französisches Jugendaustauschwerk. Gleich morgen wird sie sich darum kümmern. Voller Energie räumt sie auf, macht einen Topf Wasser heiß und wäscht im Waschbecken die Wäsche. Sie spannt am Fenster eine Leine, hängt Unterwäsche und Strümpfe zum Trocknen auf und überlegt. Wann hatte sie eigentlich ihre letzte Periode? Bei ihr ist es oft unregelmäßig. Verspätungen von zwei bis drei Wochen sind nicht ungewöhnlich. Wenn sie krank oder sehr erschöpft ist, bleibt ihre Regel auch mal einen Monat ganz aus. Sie denkt nach. Wie ist das gewesen? Sie hatte eine leichte Erkältung gehabt und etliche Wochenenden fast bis zum Umfallen gearbeitet. Das ist die Erklärung. Die Pille kann sie nicht nehmen, die verträgt sie nicht. Pierre benutzt immer Kondome. Sie überlegt weiter. Vor einiger Zeit waren keine Kondome mehr da. Pierre meinte, das wäre kein Problem, er würde aufpassen. Hat er das wirklich getan, und … hat es funktioniert? Außerdem war da noch der Abend, als sie ihm auf die Schliche gekommen war und sie sich gezankt hatten. Pierre war wütend und heftig gewesen. Sie hat sich danach fast wie vergewaltigt gefühlt. Fieberhaft beginnt sie nachzurechnen. Das muss vor etwa zwei Monaten gewesen sein. Sie rennt die Treppe hinunter und kauft in der Apotheke einen Schwangerschaftstest. Ungeduldig wartet sie auf das Ergebnis, blickt immer wieder auf das Anzeigefeld, sieht auf die Uhr. Sekunden dehnen sich zu Minuten. So, jetzt ist die Zeit herum. Sie will schon jubeln, da erscheint der Strich. Kein Zweifel, der Strich ist deutlich zu erkennen, überdeutlich. Der Beweis. Sie ist schwanger. Die Erkenntnis trifft sie mit voller Wucht. Schwanger, sie wird ein Kind haben, ein Kind von Pierre. Sie streicht über ihren Bauch. Da ist es drin, ein Teil von ihr, lebt und wächst. Wird eines Tages geboren werden, aufwachsen, sich zu einem selbständigen Menschen entwickeln. Sie, die Mutter, immer für das Kind da. Sie wird es in den Arm nehmen und trösten, ihm Mut machen und sein Leben begleiten. Erst zaghaft und dann stärker beginnt sie sich zu freuen. Ein Kind, ja, das ist die Lösung ihrer Probleme, das wird auch Pierre dazu bringen, etwas Vernünftiges aus seinem Leben zu machen. Als er nach Hause kommt, überfällt sie ihn gleich mit der Neuigkeit. Pierre sagt nichts.

»Wir werden eine richtige Familie sein. Du magst doch Kinder? Ich weiß, dass du sie magst. Du wirst ein wunderbarer Vater sein, die schönsten Wiegenlieder singen und dir einen Beruf suchen. Für die Übergangszeit kannst du sicher Gitarrenunterricht geben.«

Während Bettina Pläne macht und sich ihr gemeinsames Leben als Familie mit Kind ausmalt, bleibt Pierre seltsam still. Ab und zu brummt er etwas, das sie als Zustimmung wertet.

»Nun sag doch was, freust du dich denn überhaupt nicht? Wir werden ein Kind haben, vielleicht wird es ein Junge. Dem wirst du Gitarrespielen beibringen und später werdet ihr zusammen singen.«

»Na, bis das so weit ist, dürfte es noch eine ganze Weile dauern. Und wenn das Kind unmusikalisch ist oder ein Mädchen wird, was dann?«

22. Kapitel

Bettina ist im dritten Monat schwanger und ihr sonst so flacher Bauch zeigt bereits eine leichte Wölbung. Sie fühlt sich wohl, hat keine Beschwerden. Auch die so oft beschriebene Übelkeit bleibt ihr erspart. Sie arbeitet nun von Mittwoch bis Sonntag im »Le Lapin Vert« und ist damit ganz zufrieden. Kein Gedanke mehr, sich eine eigene Wohnung zu suchen. Sie wird bei Pierre, dem Vater ihres Kindes bleiben. Ein bürgerliches Familienleben, das ist es, was ihr vorschwebt. Wenn das Kind erst einmal da ist, wird Pierre ein guter Vater sein und sich spätestens dann um eine vernünftige Existenz bemühen. Sie werden heiraten, eine größere Wohnung beziehen und sonntags mit dem Kind im Bois de Boulogne spazieren gehen. Vielleicht im Sommer sogar zusammen einige Tage ans Meer fahren. Sie wird dafür sparen. Heimlich. Der Job im Restaurant ist ihr sicher, auch für später, immer, wenn sie will. Das hat ihr der Patron versichert, als er von ihrer Schwangerschaft erfahren hat. Seine Frau hat noch Babysachen von ihrem Jüngsten. Die soll Bettina bekommen.

Es ist Donnerstagabend. Der Tag war heiß. Bettina steigt müde die Treppen bis unters Dach zu ihrer Wohnung hoch. Sie sehnt sich nach einer Dusche. Pierre ist schon da und gerade dabei, eine Reisetasche zu packen. Noch ehe sie fragen kann, sprudelt er los:

»Stell dir vor, ich spiele zusammen mit Alain, Jean und Paul auf einer Hochzeit in der Nähe von Fontainebleau. Erst am Samstag bei der Trauung in der Dorfkirche und dann bei der Feier in einem Schloss. Es werden um die dreihundert Gäste erwartet, das ist eine Riesenchance für uns. Am Sonntag gibt es eine Art Picknick im Schlosshof. Auch dort sollen wir spielen.«

»Das ist ja wunderbar. Komm, ich lege deine Sachen zusammen.«

Bettina freut sich. Das kann der Durchbruch für die Jungs sein, denn sie sind wirklich gut, das weiß sie.

»Und wann kommt ihr zurück?«

»Je nachdem, wie lange das am Sonntag dauert, kommen wir erst am Montagabend. Morgen treffen wir uns in der Schlossschänke, um das Programm zu besprechen und uns einzuspielen.«

Während des Wochenendes denkt sie oft an die Vier, malt sich die Feier aus und wünscht ihnen allen denkbaren Erfolg. Am Montag hat sie das Gefühl, sich auch etwas gönnen zu müssen. Mit dem Bus fährt sie zum linken Seineufer und setzt sich zum Frühstücken in ihr Lieblingsbistro in St. Germain. Sie bestellt einen Café au lait mit einem Croissant und denkt, dass es ihr doch eigentlich gut geht. Entspannt sitzt sie in ihrem Korbstuhl unter der Markise, beobachtet die Passanten, belächelt die sofort erkennbaren Touristen und mustert die anderen Gäste. Einige Tische weiter entdeckt sie Alain. Sie stutzt. Alain schon hier? Wie kommt das denn? Wo ist Pierre? Alain blickt auf und winkt ihr zu. Er faltet die Zeitung zusammen, nimmt seine Tasse und setzt sich zu ihr.

»Schön, dich zu sehen, Bettine. Wie geht's?«

Bettina sieht ihn gespannt an.

»Ihr seid schon zurück? Erzähl mal, wie war's bei der Hochzeit in Fontainebleau, wart ihr gut?«

Alain schaut verständnislos.

»Ich verstehe kein Wort. Wieso Fontainebleau und welche Hochzeit?«

Unsicher geworden und verwirrt berichtet sie ihm, was Pierre gesagt hat. Wie begeistert er über das Engagement war. Was dieser Auftritt für sie bedeute und welche Chancen sich für die Zukunft eröffneten. Alain legt die Hand auf Bettinas Arm.

»Da hat dich Pierre ganz schön hinters Licht geführt. Ein solcher Auftritt, es wäre ein Traum, zu schön, um wahr zu sein. Aber leider stimmt davon nichts, überhaupt nichts. Kein Wort ist wahr.«

»Aber Pierre ist doch hingefahren, hat seine Gitarre und Gepäck fürs Wochenende mitgenommen. Ich habe ihm noch sein gutes Hemd gebügelt. Oder warst du nicht dabei, haben sie ohne dich gespielt?«

»Wir haben nicht gespielt, es gab kein Engagement. Pierre ist am Freitagmorgen für immer aus Paris abgereist. Er will erst nach Südspanien, dann weiter nach Marokko, Algerien, Tunesien. Neue musikalische Impulse sammeln, hat er gesagt. Du hättest dich entschlossen, ihn zu verlassen, und dann würde ihn nichts mehr hier halten. Ohne dich könne er Paris nicht ertragen. Er hatte Tränen in den Augen. Richtig leid getan hat er mir.«

Alain räuspert sich und bestellt ein Glas Wein.

»Für dich auch eins, oder etwas anderes?«

Bettina schüttelt stumm den Kopf. Sie kann jetzt nicht sprechen. Sie fühlt sich, als habe ihr jemand mit der Faust in den Magen geboxt. Alles in ihr krampft sich zusammen. Kalter Schweiß läuft ihr den Rücken herunter. Jetzt nur nicht zusammenklappen, denkt sie. Halt dich aufrecht. Das Baby. Wie durch Watte hört sie Alains Worte.

»Ich war böse auf dich, sauer. Wie kannst du meinem Freund das antun, was soll aus unserer Band werden? Am Mittwoch hat er mir von seinen Plänen berichtet. Wir haben einen Abschiedsschluck getrunken, und ich habe ihm alles Gute für die Zukunft gewünscht. Du kannst mir glauben, das war ein ziemlicher Schock. Jetzt müssen wir uns einen neuen Gitarristen suchen. Das dürfte nicht leicht sein, denn Pierre ist erste Sahne und kann phantastisch singen.«

Alain trinkt seinen Wein aus und bestellt ein zweites Glas. Er sieht Bettina an.

»Ich glaube, die Geschichte mit Fontainebleau hat er nur erfunden, um dich nicht zu belasten. Er wollte nicht zeigen, wie sehr er unter deinem Entschluss, ihn zu verlassen, leidet. Du solltest nicht wissen, dass er deinetwegen Paris verlässt, weil ihn hier alles an dich erinnert. Weißt du, Pierre ist sensibel, eben ganz Künstler.«

Aber das stimmt doch nicht, will Bettina losschreien. Lügen, nichts als Lügen. Von wegen sensibler Künstler. Verantwortungslos ist er, hat mich sitzen lassen, mich und mein Kind, das auch seins ist. Dieser verdammte Kerl. Sogar Tränen hatte er in den Augen? Tränen, dass ich nicht lache. Er war eben schon immer ein guter Schauspieler. Hat auch mir genug vorgemacht, glaubhaft und überzeugend, monatelang. Bettina hat keine Kraft zu schreien, und außerdem, was soll das, sie kann doch hier keine Szene machen. Ändern würde das nichts. Er ist fort. Alain ist sein Freund, er weiß nur, was Pierre ihm gesagt hat. Sie schluckt, bemüht sich um Fassung.

»Entschuldige mich einen Moment«, sagt sie hastig und läuft zur Toilette. Erschöpft lehnt sie die Stirn gegen die kühlen Kacheln und schließt für einen Moment die Augen. Dann lässt sie reichlich kaltes Wasser über ihre Arme laufen, wäscht sich das Gesicht und kehrt äußerlich gefasst an den Tisch zurück. Alain blickt auf.

»Ist was? Habe ich vielleicht etwas Falsches gesagt? Du bist so schnell verschwunden!«

»Nein, nein«, sagt sie und versucht ein kleines Lachen.

»Ich hatte es nur etwas eilig. Es stimmt, wir hatten beschlossen uns zu trennen. Aber so, wie Pierre es dir geschildert hat, war es nicht. Er wollte wieder frei sein. Vielleicht gehe ich nach Deutschland zurück und nehme mein Studium wieder auf. Jetzt muss ich aber los.«

»Schade, Bettine. Du weißt, ich habe dich immer gemocht. Wenn ich etwas für dich tun kann, vielleicht beim Umzug helfen, dann sag es mir.«

Bettina lacht gequält.

»Das Wenige, was ich habe, passt in einen Koffer. Aber trotzdem, ich werde daran denken, danke dir.«

Sie legt abgezählte Münzen auf den Tisch, verabschiedet sich von Alain mit Küsschen rechts, links, rechts und verlässt das Bistro.

23. Kapitel

Draußen holt sie erst einmal tief Luft und versucht ihre Gedanken zu ordnen. Sie geht den Boulevard entlang zum Jardin du Luxembourg. Dort setzt sie sich auf eine Bank und sieht den Kindern zu, die auf dem Teich ihre Schiffchen schwimmen lassen. Was soll nun werden? Alles hat sie für Pierre aufgegeben, Elternhaus verlassen, Studium geschmissen, ihre gesamten Ersparnisse aufgebraucht. Auch die von der Oma geerbten Zehntausend. Und nun? Jetzt sitzt sie schwanger und allein in der Fremde. Sie fängt an zu weinen.

Ein Mann kommt auf sie zu.

»Mademoiselle, kann ich Ihnen helfen?«

»Nein, nein, danke, es ist nichts.«

Blind vor Tränen stolpert sie zum Ausgang. Nach Hause, nur nach Hause. Ins Bett verkriechen, die Decke über den Kopf ziehen und nichts hören und sehen. Sie vernimmt noch lautes Rufen, heftiges Geklingel, ein Stoß, ein Aufprall, da liegt sie schon auf der Straße. Benommen schaut sie auf. Neben ihr ein Fahrrad. Der Radfahrer, der sie wohl angefahren hat, steht gerade auf und bewegt Arme und Beine.

»Tut mir entsetzlich leid. Sind Sie verletzt? Kann ich helfen? Sie sind losgerannt, ohne nach rechts und links zu schauen, so schnell konnte ich gar nicht bremsen oder ausweichen. Ist alles in Ordnung?«

Er hilft ihr auf. Bettina betastet sich.

»Nichts weiter passiert. Ein paar Schrammen am Ellbogen, ein Loch in der Hose und wahrscheinlich ein aufgeschlagenes Knie. Alles meine Schuld, tut mir leid.«

Nur weg jetzt, nichts wie weg, nach Hause, denkt Bettina. Der Bus dort fährt in ihre Richtung. Sie stürzt hinein und lässt sich aufatmend in den Sitz fallen. Zu Hause stellt sie fest, dass sie außer aufgeschlagenen Knien und Ellbogen auch etliche blaue Flecken an Hüfte und Oberschenkeln hat. Die werden eher verschwinden als der tief in ihr sitzende Schmerz und die Enttäuschung über Pierre.

Drei Tage später beginnt sie zu bluten.

24. Kapitel

Ja, so ist das gewesen, ihr französisches Intermezzo, wie sie es nennt. Fast zwei Jahre hat es gedauert. Sie weiß noch genau, wie verzweifelt sie damals war. Seit dieser Zeit sind ihre Gefühle wie eingefroren. Nach der Erfahrung mit Pierre hat sie sich geschworen, nichts und niemanden mehr an sich heranzulassen. Kühl und emotionslos wollte sie fortan über den Dingen schweben. Trotz allem, sie mag diese Zeit nicht missen. Es gab auch Tage und Stunden, an denen sie sehr glücklich war. Jedenfalls am Anfang. Wenn sie das Kind nicht verloren hätte, wäre vielleicht alles anders gekommen. Mag sein, dass sie um des Kindes willen stärker gewesen wäre und sich in Paris ein eigenes, selbstbestimmtes Leben aufgebaut hätte. Stattdessen ist sie nach Hause zurückgekehrt, ganz reumütige Tochter. Was hätte sie auch sonst machen sollen? Ihr Vater, der sie immer unterstützt hatte, war während ihrer Abwesenheit gestorben. Plötzlich und unerwartet, Opfer eines Verkehrsunfalls, hieß es in der Todesanzeige. Erst zwei Tage vor der Beerdigung hat sie die bekommen. Sie wäre gerne hingefahren, hatte aber kein Geld für die Fahrkarte. Außerdem konnte sie so kurzfristig keine Vertretung für ihre Arbeit im »Le Lapin Vert« finden. Die Arbeitsstelle durfte sie nicht gefährden, sie war wichtig, überlebenswichtig.

Sie bezog in der elterlichen Wohnung ihr altes Kinderzimmer, ertrug die säuerliche Miene und die ewig gereizte Stimmung ihrer Mutter und nahm eine Stelle in der Bibliothek an. Von da an lebte sie in gleichmäßiger Routine vor sich hin. Das Leben ging an ihr vorüber, ohne dass sie es merkte. Sie war überwiegend allein und las viel.

Aber damit ist es jetzt vorbei. Jetzt ist sie Helga Kleinert, lebensfroh, modisch und vielseitig interessiert. Sie wird ausgehen, die Stadt mit ihren vielen Möglichkeiten nutzen, Ausstellungen, Galerien besuchen und vor allem verreisen.

Bettina zahlt. Dem jungen Mann, der sie bedient hat, gibt sie ein großzügiges Trinkgeld, das dieser mit »Dankeschön und einen schönen Tag noch!« entgegennimmt.

»Ihnen auch einen schönen Tag«, erwidert Bettina.

Sie nickt der jungen Frau am Nebentisch zu, wirft noch einen Blick auf die spielenden Kinder und macht sich auf den Weg nach Hause. Im Supermarkt kauft sie ein Pfund Erdbeeren, etwas Käse und zwei Brötchen. Mit dem Aufzug auf ihrer Etage angekommen, geht sie wie gewohnt nach rechts, stellt die Tüte mit den Einkäufen neben der Fußmatte vor der Tür ab und sucht in ihrer Handtasche nach dem Wohnungsschlüssel. Auf einmal wird ihr siedend heiß. Sie steht vor ihrer alten Wohnungstür, der von Bettina Gruhl. Das darf aber nicht passieren, nie mehr. Sie muss aufpassen. Ich bin Helga Kleinert, Helga Kleinert; dort drüben ist meine Wohnung, dort drüben, immer wieder sagt sie es zu sich. Zum Glück ist der Flur leer, wie meistens. Nur der Aufzug brummt, wird wohl gerade nach unten geholt. Vier-, fünfmal wendet sie sich vom Aufzug nach links, zu Helga Kleinerts Wohnungstür, um sich die Bewegung einzuprägen. Sie nimmt sich vor, das die nächsten Tage mehrmals zu üben. In der Wohnung räumt sie ihre Einkäufe in den Kühlschrank und macht sich daran, Helga Kleinerts Koffer und die Reisetasche auszupacken. Schuhe, einige Bücher, ein Etui mit Schmuck, Kleider, Pullover, Hosen und Blusen, das Übliche eben. Die schmutzige Wäsche, es ist nur wenig, kommt in den Müll. Die Kleidung sortiert sie danach, was in die Altkleidersammlung geht, was sie behalten will und was in die Reinigung kommt. Sie füllt einen Plastiksack für die Altkleidersammlung. Ein Fotoalbum und eine Mappe mit Papieren legt sie beiseite.

Nach dem Abendessen macht sie es sich mit dem Album in der Sofaecke bequem. Zwei lachende junge Mädchen in einem Garten, das sind sicher die beiden Schwestern. Ein Hochzeitsbild. Helga Kleinert steht mit einem Ehepaar, wahrscheinlich den Eltern, hinter dem Brautpaar. Das sitzt auf einer Bank und schaut sich verliebt an. Babybilder, Fotos von einer Taufe, das muss der

Neffe sein. Kinderbilder eines kleinen Jungen in verschiedenen Altersstufen. Baby, Krabbelkind, Kleinkind. Ein rotblonder kleiner Junge mit Schultüte. Dann, das stammt offenbar schon aus Australien, ein Holzhaus, davor derselbe Junge, nun schon eher als Teenager, wie er sich auf Treppenstufen lümmelt. Der Junge auf einem Traktor neben einem vierschrötigen Mann mit verkniffenem Gesicht, der Pfeife raucht. Bilder von einem geschmückten Weihnachtsbaum, daneben eine schmale blasse Frau. Bettina schaut sich alles genau an und ist bemüht, sich die Personen einzuprägen. Das also ist ihre Verwandtschaft, die Familie von Helga Kleinerts Schwester. Bei den Papieren befinden sich Geburtsurkunden, Sterbeurkunden, Verträge über den Verkauf eines Hauses in Australien, Bankbelege sowie der Abdruck einer Vermisstenanzeige mit dem Bild des Jungen auf der Treppe und seiner genauen Beschreibung. Vierzehn Jahre war er, als er, ohne eine Nachricht zu hinterlassen, von zu Hause abgehauen ist.

25. Kapitel

Am nächsten Tag fährt Bettina mit dem Bus nach Lindenthal. Auf der Dürener Straße betritt sie ein Kosmetikstudio. Die Adresse hat sie aus den Gelben Seiten herausgesucht.

Verschämt zeigt sie auf ihre Oberlippe.

»Können Sie dagegen etwas machen?«

»Überhaupt kein Problem«, die junge Frau im hellblauen Kittel lacht freundlich.

»Aber vorher machen wir doch sicher eine komplette Behandlung. Sie haben Glück, ich habe einen Termin frei, eine Kundin hat abgesagt.«

Bettina nickt, ihr ist alles recht. Um Helga Kleinert darzustellen, bedarf es einiger Anstrengung, und das hier gehört dazu. Sie geht mit in die Kabine, setzt sich folgsam in den Behandlungssessel und schließt die Augen. Die Oberlippenhärchen werden mit einem kurzen schmerzhaften Ruck entfernt. Wachsstreifen, erklärt die Kosmetikerin. Bettinas Gesicht wird bedampft, gezupft, gesalbt, massiert. Es ist eigentlich recht angenehm und ganz entspannend. Als sie nach anderthalb Stunden in den Spiegel schaut, ist sie mit dem Ergebnis zufrieden. Warum hat sie eigentlich noch nie daran gedacht, sich kosmetisch behandeln zu lassen? Nebenan in der Haarboutique lässt sie sich die Haare färben – mahagonifarben mit einem Stich Kupfer. Als sie schließlich modisch frisiert und dezent geschminkt zum Bus geht, ist aus ihr eine andere Frau geworden. So leicht ist es also sich zu verändern, eigentlich verändern zu lassen, denkt sie. Man sieht nicht nur anders aus, sondern fühlt sich auch anders, reagiert anders und wird anders wahrgenommen. Sie eilt nach Hause – diesmal steht sie nicht vor der falschen Wohnungstür – und betrachtet ihr neues Ich ausführlich im Spiegel. Ihr gefällt, was sie sieht.

Die nächsten Tage verbringt sie damit, ihre neue Rolle zu trainieren. Unter dem Schutz der fremden Identität traut sie sich

Dinge zu, an die sie früher nie gedacht hatte. Denn es ist nicht Bettina, die sich sorgfältig ankleidet, ins Café Reichard fährt und dort unterhalb des Domes eine Kleinigkeit zu Mittag isst. Es ist die andere. Es ist Helga Kleinert. Die sitzt Stunden auf der Terrasse im Haus am See und löffelt einen Eisbecher. Im Fährhaus in Rodenkirchen, direkt am Rhein, bestellt sie sich das Tagesmenü.

Als sie eines Spätnachmittags dort die Speisekarte studiert, überlegt sie, dass es allmählich Zeit wird, ihre neue Rolle zu vervollkommnen. Ihr Bargeld wird nicht ewig reichen, sie muss sich Zugang zu Helga Kleinerts Konten verschaffen.

In der Apotheke kauft sie Verbandsstoff, Jod und Watte. Wieder zu Hause, betrachtet sie intensiv Helga Kleinerts Passfoto. Sie drapiert ihre Haare so wie auf dem Bild, legt ein Halstuch um, schminkt sich die Lippen und setzt eine Brille auf. Ja, das könnte gehen. Die Ähnlichkeit ist da. Das Bild ist sowieso älter und mit Brille wirkt jeder deutlich verändert. In der Küche breitet sie auf der Arbeitsplatte ihre Einkäufe aus der Apotheke aus. Die drei mittleren Finger ihrer rechten Hand bepinselt sie mit Jod. Richtig braun-gelb sehen sie jetzt aus. Mit der linken Hand wickelt sie einen dicken Verband um den rechten Arm. Sie beginnt auf der Höhe von Daumen und kleinem Finger und wickelt weiter bis zum Ellenbogen. Nur die braun verfärbten Zeige-, Mittel- und Ringfinger schauen noch heraus. Sie geht zur Sparkasse am Chlodwigplatz und sucht sich einen Schalter, an dem ein junger Mann bedient. Helga Kleinerts Personalausweis und EC-Karte legt sie auf den Tresen und weist auf ihre verbundene Hand.

»Ich möchte gern tausend Euro abheben, kann aber nicht unterschreiben. Was soll ich machen?«

Der Sparkassenangestellte gibt die Daten in den PC, sieht Bettina und dann das Bild auf dem Personalausweis an.

»Aber sicher, Frau Kleinert, kein Problem. Ich mache einen Vermerk, dass Sie nicht ordnungsgemäß quittieren können und ich die Identität geprüft habe. Vielleicht machen Sie hier einen Versuch mit der linken Hand. Manche können das.«

Er reicht ihr das Formular und einen Stift über den Tisch. Bettina malt ungeschickt ein Kl und dann einen Krakel.

»Das reicht«, sagt der Mann von der Sparkasse und blättert ihr das Geld vor.

»So, tausend Euro. Ich wünsche Ihnen gute Besserung.«

Das ging ja besser als erwartet, denkt Bettina. Sie war doch etwas aufgeregt gewesen. Bei Merzenich an der Ecke kauft sie sich einen Milchkaffee und dazu ein Stück Apfelkuchen. Ein hilfsbereiter junger Mann trägt ihr das Tablett an den Tisch.

Zu Hause wickelt sie den Verband ab und versucht ihre Hand zu säubern. Das braune Zeug geht kaum runter. Dann bleibt es eben dran als Zeichen für eine schnelle Genesung. Männer können Frauen doch nicht so gut unterscheiden. Ein altes Vorurteil, das sich wieder mal bestätigt hat. Nur gut, dass der nicht nach der Pin-Nummer gefragt hat, die weiß sie nämlich nicht. Sie ist weder in der Brieftasche noch im Notizbuch von Helga Kleinert verzeichnet. Oder die Nummer ist so verschlüsselt notiert, dass sie es übersehen hat. Sie wird die Karte als verloren sperren lassen und eine neue beantragen. Aber zunächst braucht sie die Karte noch. Am nächsten Morgen fährt sie zum Copy Shop auf der Bonner Straße. Dort macht sie sich von der Rückseite der EC-Karte Fotokopien. Eine in Normalgröße und fünf weitere in verschiedenen Vergrößerungen. Sie fährt den Zoom bis auf Maximum. Die Unterschrift ist so richtig gut mit allen Strichmodalitäten und schön groß abgebildet. Der Betreiber des Shops sieht sie nicht. Er steht rauchend vor der Tür und ist mit seinem Handy beschäftigt.

Am nächsten Tag legt sie die fotokopierten Unterschriften auf den Tisch, darüber Transparentpapier. Mit einem weichen Bleistift zieht sie die Linien nach, wiederholt es immer wieder. Als sie den Schwung der Hand, den Ablauf von Auf- und Abstrich einigermaßen nachziehen kann, schreibt sie den Schriftzug freihändig und übt mehrere Stunden.

Nach drei Tagen gelingt ihr die Unterschrift flüssig, sie muss überhaupt nicht mehr darüber nachdenken. Als Test geht sie wieder zur Sparkassenfiliale am Chlodwigplatz. Derselbe Angestellte ist da. Diesmal hat Bettina nur noch einen leichten Pflasterverband um die Hand. Sie lässt sich fünfhundert Euro auszahlen und unterschreibt den Beleg ohne zu zögern mit *Helga Kleinert*. Der junge Mann von der Sparkasse erinnert sich an sie.

»Ihre Hand ist ja fast wieder in Ordnung, wie schön für Sie.«

»Es geht schon wieder, aber ich schreibe halt noch immer ziemlich wackelig.«

»Aber ich bitte Sie, Ihre Unterschrift ist doch perfekt, wie auf der Karte.«

Mehr will Bettina nicht hören, freundlich grüßend verlässt sie die Schalterhalle.

26. Kapitel

Vier Wochen später. Sie spielt nicht die Rolle von Helga Kleinert, sie ist Helga Kleinert, lebt deren Leben. Bettina Gruhl, die Stadtbibliothek, alles das gibt es nicht mehr; es ist ausgelöscht. Helga Kleinert existiert, lebensfroh, mit vielseitigen Interessen, ausreichend versorgt, ohne finanzielle Sorgen.

Bettina beendet ihren Mittagsschlaf, einen Luxus, den sie sich seit einiger Zeit gönnt, trinkt eine Tasse Kaffee und liest die Zeitung. Es klingelt. Nanu, zu dieser Zeit, wer kann das sein? Sie geht an die Sprechanlage.

»Wer ist da?«

Keine Antwort. Es klingelt noch einmal und klopft zugleich an der Wohnungstür. Durch den Spion erkennt sie zwei Polizisten. Sie öffnet die Tür einen Spalt, so weit, wie die Kette es zulässt.

»Guten Tag, Frau Kleinert«, sagt der Größere.

Er zeigt einen Dienstausweis.

»Ich bin Paul Simon und dies«, er deutet auf den anderen, »ist mein Kollege Hans Selig. Wir hätten gern einige Auskünfte über Ihre Nachbarin Frau Gruhl. Sie kennen sie doch sicher?«

Ruhig bleiben, ganz ruhig bleiben, denkt Bettina. Jetzt keinen Fehler machen. Es hat nichts mit mir zu tun. Ich habe keine Spuren hinterlassen, mir kann keiner etwas nachweisen, nur keine Aufregung zeigen, ruhig, ganz ruhig bleiben.

»Augenblick bitte«, sagt sie und hantiert umständlich und geräuschvoll mit der Kette.

»Lassen Sie sich Zeit«, sagt der Kleinere, »es ist gut, dass Sie so vorsichtig sind, man kann ja nie wissen.«

»Kommen Sie herein«, Bettina führt die beiden ins Wohnzimmer. Sie setzen sich an den Esstisch.

»Was wollen Sie über Frau Gruhl wissen? Sie wohnt in der Wohnung gegenüber. Wir sehen uns ab und zu im Aufzug. Dabei wechseln wir auch manchmal einige Worte über das Wetter oder was im Haus so anliegt. Aber richtig kennen ist das nicht. Ich glaube, sie will keinen Kontakt haben. Sie ist sehr ruhig und zurückhaltend.«

»Wann haben Sie Frau Gruhl das letzte Mal gesehen?«

»Da muss ich überlegen, ist etwas passiert?«

»Sie wurde tot in ihrer Wohnung aufgefunden, offenbar ist sie gestürzt.«

»Das ist ja schrecklich, oh Gott, vielleicht hätte ich ihr helfen können.«

Bettina hält die Anspannung nur schwer aus. Sie springt auf und geht heftig atmend im Zimmer auf und ab. Auf diese Weise kann sie ihre Spannung etwas lösen.

»Schrecklich, schrecklich, das ist ja furchtbar, die arme Frau, entsetzlich«, murmelt sie dabei immer wieder vor sich hin, aber so, dass die Polizisten es hören können.

»Kommen Sie, beruhigen Sie sich. Sie brauchen sich keine Vorwürfe zu machen. Bestimmt nicht. So, wie es aussieht, hätten Sie nichts tun können. Sie muss sofort tot gewesen sein.«

Der Polizist, der ihr den Ausweis gezeigt hat, nimmt sie am Arm und führt sie zu einem Sessel.

»Soll ich Ihnen ein Glas Wasser holen?«

»Ja, bitte. Im Kühlschrank ist Mineralwasser. Gläser stehen auf dem Bord darüber.«

Bettina trinkt in kleinen Schlucken und spürt, wie ihr Herzklopfen allmählich nachlässt und sie ruhiger wird.

»So, jetzt geht es wieder. Es ist der Schock. Gleich hier gegenüber, so nah, und ich habe nichts gemerkt. Was wollen Sie denn von mir wissen?«

»Wann haben Sie Frau Gruhl das letzte Mal gesehen?«

»Warten Sie, da muss ich im Kalender nachschauen.« Bettina holt den Taschenkalender aus der Handtasche im Schlafzimmer und blättert darin herum.

»Es war am 27. Juli. Ich war längere Zeit bei meiner Schwester in Australien und kam an diesem Tag zurück. Frau Gruhl hat während meiner Abwesenheit die Blumen gegossen und nach der Post geschaut. Ich habe bei ihr geklingelt, ihr eine Packung Merci-Schokolade gebracht und mir meine Schlüssel zurückgeben lassen. Das war am frühen Abend, so gegen sechs oder sieben Uhr. In den nächsten Tagen habe ich zwei- oder dreimal bei ihr geklingelt. Aber sie war nicht zu Hause. Ich vermutete, dass sie in Urlaub gefahren war. Ich erinnere mich dunkel, dass sie irgend so etwas gesagt hatte, als es darum ging, ob sie während meiner Abwesenheit die Blumen gießen kann. Die Zeit passte ihr gerade noch. Ich nahm mir vor, wenn ich sie nicht früher sehe, bis Anfang September zu warten. Ich wollte sie nämlich zum Essen und zu einem Konzert in die Philharmonie einladen. Als Dankeschön fürs Blumengießen und weil sie meine Wohnung gehütet hat. Und die ganze Zeit war sie, ist sie … schrecklich, das ist ja furchtbar.«

Bettina schnieft laut und vernehmlich ins Taschentuch.

Hans Selig hat mitgeschrieben und klappt sein Notizbuch zu. Die beiden Männer warten noch eine Weile, bis Bettina wieder ruhiger ist. »Vielen Dank«, verabschiedet sich schließlich Paul Simon. »Sie haben uns sehr geholfen.«

»Aber was ist denn eigentlich passiert? So alt war sie doch noch gar nicht?«

»Sie hat gebadet, ist ausgerutscht und gestürzt. Es könnte durchaus am 27. Juli gewesen sein, die Schokolade lag ungeöffnet auf dem Tisch.«

»Das ist ja grässlich. Vielleicht hat sie stundenlang um Hilfe gerufen und ich, ich habe nichts gehört.«

Bettina tastet erneut nach dem Taschentuch. Ihr kommen fast die Tränen, als sie sich vorstellt, dass sie da liegt.

»Wahrscheinlich konnten Sie nichts hören. Ein solcher Sturz auf den Steinboden, sie dürfte sofort tot gewesen sein, das meint auch unser Polizeiarzt. Sie brauchen sich keine Vorwürfe zu machen«, sagt Paul Simon.

Die beiden Männer verabschieden sich. Bettina schließt die Tür hinter ihnen, wankt ins Wohnzimmer und setzt sich an den

Tisch. Sie legt den Kopf auf die Arme und atmet tief, ein und aus, ein und aus. Zwischen jedem Atemzug zählt sie bis zehn. Dann lässt sie den Abend des 27. Juli in allen Einzelheiten vor ihrem inneren Auge vorüberziehen und prüft noch einmal jedes Bild, jede ihrer Bewegungen. Nein, sie hat nichts vergessen, keine Spuren hinterlassen, alles ist logisch. Ein Unglücksfall, wie er zu Tausenden im Haushalt vorkommt, wenn auch nicht immer mit solchen Folgen.

Nicht der Schimmer eines Verdachts kann auf sie fallen.

27. Kapitel

Eine Woche später ist die Beerdigung. Das Amtsgericht hat als Nachlasspflegerin eine junge Anwältin eingesetzt. Die hat im ganzen Haus geklingelt und versucht, Informationen über Angehörige oder Bekannte zu erhalten. Natürlich vergeblich. Der Hausmeister hat Geld gesammelt und einen Kranz besorgt.

Bettina hat Angst gehabt, dem Hausmeister zu begegnen. Würde er merken, dass sie gar nicht Frau Kleinert ist? Als sie ihn durch den Spion mit der Sammelbüchse vor ihrer Wohnungstür stehen sieht, hätte sie am liebsten nicht aufgemacht. Aber das hätte die Entscheidung nur hinausgezögert. Sie vertraute darauf, dass er mit seinen dicken Brillengläsern ohnehin nicht gut sehen kann. Bettina Gruhl hat ein fast unsichtbares Leben gelebt, die hat er bestimmt nie wahrgenommen. Und um ihm gegenüber als Frau Kleinert zu gelten reicht es, deren Kleidung zu tragen, in deren Wohnung zu leben und freundlich mit ihm zu reden.

So kommt es, dass Bettina an einem verregneten Mittwochmorgen in Rodenkirchen auf dem Friedhof steht und ihrer eigenen Beerdigung zusieht. Es geht alles ziemlich schnell und geschäftsmäßig. Natürlich ist kein Pfarrer dabei, denkt sie, denn schließlich bin ich vor Jahren aus der Kirche ausgetreten. Es gibt nicht viele Trauernde. Ich, Frau Kleinert, als Nachbarin und der Hausmeister. Dann Frau Nahirt, eine ältere Mitarbeiterin aus der Bibliothek. Bettina hätte nicht gedacht, dass jemand von ihrer Arbeitsstelle kommt. Sie war erschrocken und hatte befürchtet, Frau Nahirt könne sie erkennen, aber die hatte sie nicht einmal genau angesehen. Offenbar gibt es keine Ähnlichkeit, zu stark ist die Veränderung. Nach diesem Test fühlt Bettina sich umso sicherer. Außerdem sind noch der Bestatter und zwei Friedhofsgehilfen anwesend. Das Grab liegt am Rand eines Feldes von Reihengräbern. Ein besenstieltiefes Rechteck ist mit grünen Plastikmatten ausgeschlagen, die wohl an Rasen erinnern sollen. An der Stirnseite steckt ein Holzkreuz mit ihrem Namen, ihrem Geburtstag und dem Todestag 27. Juli. Als Bettina das liest, gibt es ihr einen Stich ins Herz und sie fröstelt. Nein, nein, sagt sie zu sich selbst, ich bin Helga Kleinert, Helga Kleinert, gesund und munter und total lebendig. Im Sarg liegt ein anderer Körper, nicht ich. Der Bestatter steht steif am Ende des Rechtecks. In seinem hochgeschlossenen schwarzen Mantel ähnelt er einem Raben. Auf Querstangen über dem Grab steht der Sarg. Schmucklos, Fichte, vielleicht auch Sperrholz, jedenfalls billigste Ausführung. Der verhinderte Rabe nimmt seinen Hut ab und spricht ein Vaterunser. Die Anwesenden murmeln leise mit. Dann lassen die Friedhofsgehilfen den Sarg vorsichtig hinunter. Alle werfen ein Schäufelchen Erde hinterher, Bettina dazu noch einen Strauß gelber Rosen. Das ist sie der Nachbarin und sich selbst schuldig. Auf dem Rollwagen neben dem Grab liegen ein Kranz mit Schleife »Ein letzter Gruß der Hausgemeinschaft« und ein ziemlich dürftiges Gesteck mit Band »Ein Gedenken von den Kollegen der Stadtbibliothek«. Blöde Sprüche. Von denen weint mir keiner eine Träne nach oder verschwendet auch nur einen Gedanken an mich. Pure Heuchelei. Als wenn es je einen ersten Gruß und so etwas wie eine Hausgemeinschaft gegeben hätten. Von denen kennt mich keiner, denkt Bettina. Nach einem letzten Blick wendet sie sich um und geht mit dem Hausmeister langsam Richtung Ausgang. Der erzählt ihr umständlich und in allen Einzelheiten, wie sich alles abgespielt hat. Weil Frau Gruhl nach Ende ihres Urlaubs nicht in der Bibliothek erschien und auf Anrufe nicht reagierte, hat ihn die Leiterin der Stadtbibliothek angerufen. Ob er etwas wisse, ob Frau Gruhl vielleicht krank sei. Er habe sich sofort zu deren Wohnung begeben, geklingelt, geklopft und gerufen. Am nächsten Tag habe er es noch einmal versucht. Als wieder keine Reaktion kam, habe er schließlich mit dem Generalschlüssel die Wohnungstür einen Spalt breit geöffnet und mehrmals laut gerufen. Dabei sei ihm ein unangenehmer Geruch entgegengekommen. Es sei ihm unheimlich gewesen. Außerdem habe er Licht gesehen. Er habe die Tür verschlossen, die Polizei angerufen und seine Beobachtungen geschildert. Die Polizei sei sehr schnell gekommen und habe im Badezimmer der Wohnung die Leiche gefunden. Nach dem Ergebnis der polizeilichen Untersuchung sei Frau Gruhl beim Verlassen der Badewanne ausgerutscht und so unglücklich gestürzt, dass sie einen Schädelbasisbruch erlitten habe. Man vermute, dass sie sofort tot gewesen sei. Es gebe keinerlei Anhaltspunkte für Fremdverschulden. Die Wohnung sei verschlossen gewesen und der Schlüssel habe von innen gesteckt.

28. Kapitel

Die Zeit vergeht. Bettina genießt in vollen Zügen ihr Leben als Helga Kleinert und denkt kaum noch an ihre frühere schüchterne Existenz zurück. Nur aus Gewohnheit und weil sie den zweiten Briefkastenschlüssel behalten hat, schaut sie morgens ab und zu in ihren alten Briefkasten. Der Briefträger steckt manchmal noch Post hinein. Zwar ist es im Laufe der Zeit weniger geworden, aber Einladungen zu Vorträgen oder eine Zeitschrift für Frau Gruhl finden sich immer wieder mal darunter. Der an Mrs. Betty Gruhl adressierte Luftpostbrief mit ausländischen Briefmarken fällt ihr sofort auf. Sie nimmt ihn heraus. Dem Briefkasten *Kleinert* entnimmt sie ein Schreiben der Bank, die TV-Zeitung und Angebote des Reisebüros für Weihnachten und Silvester. Dann eilt sie schnell hinauf, gespannt, was der Luftpostbrief enthält. Sie will ihn gerade aufreißen, da lässt ein unbestimmtes Gefühl sie innehalten. Sie schaltet den Wasserkocher ein, hält den Umschlag über den Wasserdampf und löst vorsichtig die Lasche. Der Brief stammt von einem Anwaltsbüro in New York. In holprigem Deutsch wird der verehrten Mrs. Betty Gruhl mitgeteilt, dass sie mutmaßlich die einzige Verwandte des verstorbenen Pieter Hanson ist, der ein größeres Vermögen hinterlassen hat. Sie soll zunächst eine Kopie ihres Personalausweises und ihrer Geburtsurkunde zur Prüfung übersenden. Bestätige sich die Vermutung, werde sie eingeladen, mit den Originalunterlagen nach New York zu kommen, um die Formalitäten zu erledigen.

Bettina ist verblüfft. Sie lässt sich in den großen Sessel am Fenster fallen und denkt nach.

Dunkel erinnert sie sich, was ihre Mutter erzählt hat. Ein Bruder ihres Vaters war nach Amerika ausgewandert, um dort eine Hühnerfarm aufzubauen; das sei sein Traum gewesen. Er habe wohl auch Erfolg gehabt. Früher sei zu Weihnachten immer ein Paket aus New Jersey mit Cookies, Süßigkeiten, Schokolade und

Kaffee gekommen. In einer dick mit Watte ausgepolsterten Blechdose habe ein halbes Dutzend besonders großer Eier gelegen. Die hätten fast immer zwei und manchmal sogar drei Dotter gehabt. Nach Ankunft eines solchen Paketes habe die Großmutter immer eine Schüssel Rührei gemacht. Irgendwann seien die Pakete ausgeblieben und niemand habe gewusst, was aus dem Onkel geworden sei.

Der verstorbene Pieter Hanson könnte ein Sohn dieses Großonkels sein. Der Mädchenname ihrer Mutter war Hansen, amerikanisiert wäre daraus Hanson geworden, das würde passen. Wie groß die Erbschaft wohl sein mag? Bettina sieht sich schon in New York über die Fifth Avenue schlendern und einkaufen. In ihrem früheren Leben wäre ihr ein solcher Gedanke nie gekommen, aber jetzt? New York soll eine aufregende Stadt sein, sie braucht dringend einen Reiseführer.

Auf einmal wird ihr siedend heiß. Um Himmels willen, welche Gedanken hat sie da! Das geht doch auf gar keinen Fall. Betty Gruhl ist doch tot. Personalausweis, Geburtsurkunde, alle Papiere und Unterlagen sind mit der gesamten Wohnungseinrichtung entsorgt worden. Was soll sie bloß tun, wie an das Erbe kommen, das ihr zusteht? Bisher ist doch alles glatt gelaufen. Soll sie ihre neue Existenz aufs Spiel setzen? Ist es das wert? Wie groß ist der Nachlass überhaupt? Wieder und wieder liest sie den Brief der Anwälte. Nach einer schlaflosen Nacht, in der sie lange grübelnd auf und ab gegangen ist, steht ihr Entschluss fest. Sie nimmt einen Klebestift und verschließt den Brief wieder. Mit schwarzem Filzstift streicht sie Namen und Anschrift dick durch und schreibt in Druckbuchstaben darüber »Zurück! Empfänger verstorben«. Tränen laufen ihr übers Gesicht, und sie muss aufpassen, dass nichts auf den Umschlag tropft. Sie nimmt den Brief und läuft zum Briefkasten an der Ecke. Schnell, damit sie es sich nicht noch anders überlegen kann, wirft sie den Brief ein. So, weg damit. Keine Versuchung mehr, unüberlegt zu handeln. Egal, was der Nachlass enthält. Ihre gegenwärtigen Verhältnisse sind ausgesprochen komfortabel und für sie völlig ausreichend. Sie darf ihre neue Existenz nicht gefährden. Außerdem – wer weiß, was sie an Erbschaftssteuer hätte zahlen müssen. Nein, nein, so ist es schon besser.

Jetzt muss sie sich unbedingt Bewegung verschaffen. Sie zieht Anorak und Laufschuhe an und läuft am Rhein entlang bis zur Rodenkirchener Brücke. Ausflugsschiffe ziehen vorbei. Ein Hund tollt über die Wiese und läuft Stöckchen hinterher, die ein kleines Mädchen immer wieder wirft. Im Wasser schwimmen Enten auf und ab, keines Blickes gewürdigt von einem Schwanenpaar mit fünf Kleinen. Bettinas Entscheidung war richtig. Hier ist es schön, sie kann unbeschwert und sorglos leben. Mehr braucht sie nicht. Auf dem Rückweg geht sie über den Maternusplatz. Im Eiscafé wird gerade ein Tisch am offenen Fenster frei.

»Buon giorno, Signora Kleinert, wie immer ein Espresso und ein kleines Schokoladeneis?«, begrüßt Gino sie. Das tut gut, sie atmet befreit auf, die Versuchung ist endgültig vorüber.

29. Kapitel

Dann ist doch alles anders gekommen. Gut vier Jahre lebte sie ungestört als Helga Kleinert. Sie reiste um die Welt, speiste in teuren Restaurants und gönnte sich manchen Luxus. Alles lief perfekt. Ihre Identität war vollkommen. Ihr alter Name, ihre früheren Gefühle, ihre Hemmungen, ihre Schüchternheit, nichts davon war geblieben, alles total vergessen. Nicht die Spur eines Zweifels streifte sie jemals. Bei den Bewohnern im Haus, dem Hausmeister, bei der Sparkasse und bei Behördengängen, in den Geschäften, überall war sie als Helga Kleinert bekannt. Auch mit der Krankenversicherung gab es keine Probleme. Natürlich hatte sie sich einen neuen Arzt und einen anderen Zahnarzt gesucht. Sie war Helga Kleinert. Alle Planungen stimmten, alles war bis ins Kleinste bedacht, sie hatte keinen Fehler gemacht.

Aber dennoch, etwas ist schief gelaufen. Denn nun sitzt sie im Gefängnis, verurteilt für einen Mord, den sie nicht begangen hat. Sie sieht zum Fenster, die Sonne steht schon tief, ihre letzten Strahlen malen Gitter auf den Zellenboden. Bald wird alles grau und dunkel sein. Ich habe keinen Ehemann umgebracht, murmelt sie vor sich hin. Wie hätte ich das tun können, ich habe doch nie einen gehabt. Aber wie soll ich das beweisen, und – wenn ich es beweisen könnte – was nützt mir das? Wird dann nicht alles noch schlimmer, noch konfuser und die Situation für mich dann ganz ausweglos? Ich muss schweigen, es ertragen und die Rolle durchhalten. Vielleicht ist das ausgleichende Gerechtigkeit. Die Quittung für vier Jahre sorgloses Wohlleben in einer Wohnung und einer Existenz, die ich mir nie hätte leisten können.

Bettina grübelt und grübelt. Was hätte sie anders machen sollen? Ihr fällt dazu nichts ein. Nach einer unruhigen Nacht wacht sie am anderen Morgen zerschlagen auf. Aber gleich hellt sich ihre Miene auf. Es ist Wochenende. Bettina freut sich. Auch im Gefängnis sind Wochenenden etwas Besonderes. Sie hat sich für den

Umschluss mit Ayleen eintragen lassen und wartet darauf, von der Wärterin abgeholt und zu Ayleen in die Zelle gebracht zu werden. Einen Karton Schokoladenkekse hat sie bereitgestellt. Ayleen wird dazu einen echt türkischen Mokka kochen. Sie beide sind mittlerweile fast so etwas wie Freundinnen geworden.

30. Kapitel

Es ist schon einige Zeit her, da ist Bettina beim Freigang auf dem Gefängnishof mit Ayleen ins Gespräch gekommen. Gespräch ist eigentlich übertrieben, denn Ayleens Deutsch war – damals – noch ziemlich schlecht. Bettina sind ihre traurigen Augen aufgefallen. Ayleen, zweiundzwanzig Jahre alt, verurteilt wegen Mordes an ihrem Ehemann. Sechs Jahre hat sie bekommen, wegen der Brutalität ihres Ehemannes gab es für sie mildernde Umstände.

Bettina und Ayleen waren sich auf Anhieb sympathisch.

Ayleen sieht wohl so eine Art Muttterersatz in ihr und hat nach einiger Zeit Bettina ihre Geschichte erzählt.

Mit acht Jahren ist sie mit den Eltern und zwei älteren Brüdern aus Anatolien nach Deutschland gekommen. Nach Köln, zu Verwandten, die bei Ford arbeiteten und ihrem Vater dort eine Stelle besorgt hatten. Ayleen wurde eingeschult, sie war eine ehrgeizige Schülerin.

»Schule hat mir richtig Spaß gemacht. Da bin ich von zu Hause rausgekommen, habe andere Dinge gehört und gesehen. Ich war glücklich«, sagte sie zu Bettina.

Doch der Traum hielt nicht an. Kurz vor Ayleens elftem Geburtstag bekam die Mutter Zwillinge. Einen Jungen und ein Mädchen. Als sie mit den beiden aus dem Krankenhaus kam, befahl der Vater Ayleen, sie müsse jetzt den Haushalt führen und sich um die Zwillinge kümmern. Dann könne die Mutter weiter ihren Putzstellen nachgehen. Er ließ vom Imam an die Schule schreiben, dass seine Tochter nach den großen Ferien bei den Großeltern in der Türkei bleiben wird.

»Glaub mir, Bettina, ich war wie versteinert. Keine Schule mehr, nicht mehr mit Freundinnen lachen, nicht mehr lernen, lesen dürfen. Wo ich doch gerade dabei war, Fortschritte zu machen und mir die Sprache unbedingt aneignen wollte.«

Ihre Tränen nutzten nichts, auch nicht die Versuche der Klassenlehrerin, den Vater umzustimmen. Er ließ sie nicht in die Wohnung, am Telefon fertigte er sie kurz ab.

Von da an war Ayleen im Haus gefangen, zugeschüttet mit Pflichten und ohne Kontakt zur Außenwelt.

»Weißt du«, sagte sie Bettina, »das war so schlimm. Ich hatte nichts, nur Arbeit: Nie durfte ich raus. Hier im Gefängnis geht es mir besser. Ich habe geregelte Arbeit, bekomme etwas Geld dafür, über das ich selbst verfügen kann. Ich kann mich fortbilden, mit anderen reden und …«, sie umarmte Bettina, »ich habe dich. Aber es kam noch schlimmer.

Als ich fünfzehn Jahre alt war, kam ein entfernter Onkel zu Besuch. In seiner Begleitung war ein finster blickender Mann. Ich schätzte ihn auf um die vierzig Jahre. Er war mir sofort unsympathisch. Mein Vater sagte: ‚Ayleen, das ist Yusuf, dein Ehemann. Nächsten Monat werdet ihr heiraten und dann zu Yusufs Eltern ziehen. Die sind schon älter und brauchen Hilfe.'

Mein Klagen und Jammern half nichts. Ich wollte weglaufen, hatte aber nicht die geringste Chance. Und außerdem – wohin? Mit Schlägen und Essensentzug wurde ich gefügig gemacht. Schließlich war ich so matt und apathisch, dass ich alles über mich ergehen ließ. Es war mir inzwischen egal. Die Brautnacht war fürchterlich. Gewalttätig fiel Yusuf regelrecht über mich her. Ich war jung, unerfahren, es schmerzte schrecklich, noch Tage danach. In den folgenden Jahren bekam ich schnell hintereinander fünf Kinder. Zwischendurch Fehlgeburten, wenn Yusuf mich geschlagen und in den Bauch getreten hatte.«

»Ach, Ayleen, das ist ja die reinste Hölle. Wie konntest du das nur aushalten? Du tust mir so unendlich leid. Was gibt es doch für grausame Männer.«

»Wart's ab, Bettina, es geht noch weiter. Ich wurde von meinem Mann und dessen Eltern derart drangsaliert, dass ich kaum Gelegenheit hatte, mich mit meinen Kindern zu befassen und sie zu lieben. Eine unverheiratete Tante kümmerte sich um sie und zog sie auf. Nach Yusuf und seiner Mutter musste ich von den Kindern ferngehalten und bestraft werden. Mein Verbrechen bestand darin, dass ich nicht nur Söhne, sondern auch drei Mädchen geboren hatte.«

Bettina nahm sie in die Arme und wiegte sie hin und her. »So ein Unsinn. Für das Geschlecht eines Kindes ist der Samen des Mannes genauso verantwortlich.«

Ayleen nahm ein Taschentuch, schniefte und erzählte weiter.

»Meine Schwiegermutter tyrannisierte mich und behandelte mich wie ihre persönliche Sklavin. Sie machte keinen Finger krumm. Ich musste sie morgens anziehen, Schuhe putzen, Wohnung aufräumen, Wäsche waschen, bügeln, putzen und kochen. Nach dem Bad musste ich sie abtrocknen und eincremen. Das war noch das Geringste, selbst wenn sie mich immer beschuldigte, zu grob zu sein und zu sehr an ihren Haaren zu ziehen. Dabei gab sie mir Ohrfeigen und zwickte mich. So konnte es nicht weitergehen. Weglaufen war chancenlos. Ich kam nie auf die Straße. Nur im Innenhof konnte ich mal frische Luft atmen und, wenn ich dabei mit Stopf- und Näharbeiten beschäftigt war, verstohlen den spielenden Kindern zusehen. In einer besonders schlimmen Nacht, als ich grün und blau geschlagen auf den Badezimmerfliesen lag, beschloss ich, Yusuf zu töten. Ich sah keinen anderen Ausweg mehr. Im Gefängnis wird es mir auch nicht schlechter gehen, dachte ich. Eher besser, wie ich heute weiß. Aber wie sollte ich es anstellen? Gift konnte ich mir nicht beschaffen, ihn im Schlaf zu ersticken traute ich mich nicht, meine Kräfte sind zu schwach. Ich nahm unbemerkt unser größtes Fleischmesser, es war lang und spitz zulaufend. Tagelang bearbeitete ich es immer wieder mit dem Schärfstein. Es wurde so scharf, dass es durch Fleisch ging, als wäre es Butter. Ich habe es an einem rohen Suppenhuhn ausprobiert. Das Messer versteckte ich im Bett unter der Matratze.«

»Und wie geht es weiter, wie hast du …, es geschafft?«, fragte Bettina gespannt.

Ayleen wartete einige Augenblicke, holte tief Luft und fuhr fort.

»Obwohl Yusuf Muslim war und immer unglaublich fromm tat, hat er sich in Deutschland angewöhnt, Alkohol zu trinken. Er verkehrte in einem Kreis von Männern, die sich in einer Spielhalle trafen und dabei reichlich Whisky konsumierten. Ich konnte es immer an seinem Atem und seinen Kleidern riechen. An diesen Abenden kam er besonders spät volltrunken nach Hause.

Es war wieder ein solcher Abend. Er wankte ins Schlafzimmer und zog mir die Bettdecke weg. Ich wollte ihm ausweichen, mich im Badezimmer einschließen, schaffte es aber nicht. Er riss sich die Hose runter und warf sich auf mich. Ich hatte das Gefühl, dass inwendig in mir etwas zerriss. Danach wälzte er sich zur Seite, schlief sofort ein und begann zu schnarchen. Ich wartete einige Minuten, bis ich sicher war, dass er sich nicht mehr rührte. Ich ergriff das Messer und stieß es mit beiden Händen tief in die Halsschlagader, bis es auf der anderen Seite wieder herauskam. Ins Herz zu stoßen hatte ich mich nicht getraut, weil ich nicht sicher weiß, wo es sitzt, und dann sind da auch noch die Rippen dazwischen. Er hat nicht mal geschrien, nur gegurgelt.«

»Unglaublich, Ayleen, wie überlegt du in dieser Situation gehandelt hast. Ich bewundere dich.«

»Ja, ich wundere mich heute auch immer noch darüber. Als das Blut aus der Ader schoss, stopfte ich alles Bettzeug über Yusufs Kopf und rief die Polizei an. Seine Eltern hatten nichts gemerkt, sie schlafen am anderen Ende der Wohnung. Erst als die Polizei klingelte, wurden sie geweckt. Meine Schwiegermutter kreischte los und hörte nicht auf zu schreien. Mein Schwiegervater sagte dauernd ›Rache, das gibt Rache, blutige Rache‹!«

»Arme Ayleen, da bist du deines Lebens nicht sicher. Hier im Gefängnis hast du nichts zu befürchten. Aber was ist, wenn du rauskommst?«

»Es gibt Organisationen, die kümmern sich um solche Fälle wie mich. Ich bekomme einen anderen Namen, eine neue Identität an einem anderen Ort. Ich muss jeden Kontakt abbrechen, zu meinen Eltern, meinen Geschwistern und Verwandten. Auch brieflich, telefonisch oder per E-Mail darf ich mich nicht melden. Sonst könnte nachverfolgt werden, wo ich mich aufhalte. Am liebsten würde ich in den Norden ziehen, irgendwo ans Meer, und dort ganz neu anfangen zu leben. Ich will lernen, so viel wie möglich, und mich zur Altenpflegerin ausbilden lassen.«

»Sehr vernünftig. Die Menschen werden immer älter. Da hat dieser Beruf gute Chancen. Du wirst nie arbeitslos werden. Aber was ist mit deinen Kindern? So, wie ich das Programm verstehe, wirst du sie in die neue Identität nicht mitnehmen können. Wirst du sie vermissen?«

»Es mag hartherzig klingen, aber ich hatte nie die Möglichkeit, eine Beziehung zu ihnen aufzubauen. Es geht ihnen jetzt besser. Sie sind bei meinen Großeltern in der Türkei. Es sind Bauern, einfache, aber liebe Menschen, die meine Kinder lieben und vernünftig für sie sorgen. Sie schicken sie zur Schule, auch die Mädchen. Eine Mitarbeiterin der Frauenschutzorganisation Hennamond hat alles organisiert und dafür gesorgt, dass die Kinder ausgeflogen wurden.«

Ayleen holte wieder ihr Taschentuch. Sie schluchzte.

Bettina umarmte sie ganz fest. Nach einer Weile des Schweigens sagte sie: »Beruhige dich. Alles wird gut, ganz bestimmt wird alles gut.«

Bettina trifft sich jedes Wochenende zum Umschluss mit Ayleen. Mal in Ayleens Zelle, mal in Bettinas Zelle.

Zuerst trinken die beiden Kaffee und essen Plätzchen, dann wird gearbeitet. Ayleen liest vor. Geschichten, Zeitungsartikel, aus Büchern, bunt gemischt. Bettina sucht immer etwas aus, möglichst abwechslungsreich, was Ayleen in der Zeit zwischen zwei Treffen durchzuarbeiten hat. Bettina verbessert die Aussprache, erklärt Wörter, die Ayleen nicht versteht, und lässt sich den Inhalt des Gelesenen nacherzählen. Die Zusammenarbeit funktioniert perfekt, Ayleen ist gelehrig und fleißig. In der Gefängnisbibliothek fand sich ein deutsch-türkisches Wörterbuch, das für Bettinas Unterricht hilfreich ist. Ein Lehrbuch und eine Grammatik durfte sie bestellen und sich ins Gefängnis schicken lassen. In dem Maße, in dem sich Ayleens Deutschkenntnisse verbessern, lernt Bettina unmerklich Türkisch. Die Leitung der Anstalt fördert Bettinas Aktivitäten. Es wird sogar überlegt, ob Bettina nicht einen Lesekreis mit türkischen Frauen einrichten und betreuen soll.

31. Kapitel

Steve fährt und fährt, immer weiter nach Norden, Stunde um Stunde. Magere Vegetation, Sand, Steine, Felsen, hin und wieder Häuser, eine Ortschaft. Ab und zu führt eine Sandpiste zu einer abgelegenen Farm. An der Abzweigung stehen Gatter mit phantasievollen Namen: *Rosie's sweet home*, *Tom's Eldorado* oder *My Bonanza*. Er hat das Gefühl, schon Tage unterwegs zu sein, so als habe er nie etwas anderes getan, als diese Straße entlang zu fahren. Die Straße, die sich in sanfter Steigung und ebenso sanftem Gefälle durch das Land windet und sich am Horizont verliert. Ihm begegnen riesige Trucks, geschmückt mit bunten Wimpeln. Die massiven Chromleisten blinken in der Sonne und blenden ihn. Für Steve ist es ein Rätsel, wie sie so blank bleiben, trotz Staub und Hitze. Vermutlich werden sie bei jedem Halt von ihren Besitzern liebevoll poliert. Die Fahrer winken, hängen sich aus dem Fenster. Im Unterhemd, mit muskelbepacktem Oberarm, tätowiert bis zur Hand. Die Baseballkappe in den Nacken geschoben, grüßen sie ihn mit Fanfarenklängen und ziehen vorbei. Frachtschiffe auf Rädern, auf ihrem Weg durch die Welt.

Vier Tage ist es jetzt her, seit ihn die Maschine der Singapore Airlines bei glühender Hitze auf dem Flughafen in Perth abgesetzt hat. In einem billigen Hotel am Stadtrand hat er übernachtet und gleich am nächsten Morgen für vierhundert Dollar diesen etwas verbeulten Chevrolet gekauft. Seitdem ist er unterwegs. Wohin? Nach Hause. Ja, nach Hause. Er spricht es mal laut, mal leise aus, wechselt die Betonung. Fragend, zweifelnd, freudig erregt. Welches Zuhause? Gibt es das überhaupt noch für ihn?

Sein Zuhause, sein Heim und seine Familie, das ist Phuket, Thailand. Das grüne Paradies am Meer, mit Menschen, die immer freundlich lächeln. Über sieben Jahre lebte er dort glücklich und zufrieden. War sesshaft geworden nach Jahren der Wanderschaft, hatte Familie. Ramina, seine sanfte, zärtliche Frau mit Haut wie Milchschokolade, die nach Zimt und Vanille duftete. Ihre Tochter Aimée hatte gerade einige Tage vorher ihren vierten Geburtstag gefeiert, da brach das Unheil herein, zerstörte sein Glück und vernichtete Heim und Familie. Ohne Vorwarnung war der Tsunami erbarmungslos über das Land hergefallen, hatte alles mitgerissen. Steve war in der Stadt gewesen, um Baumaterial einzukaufen. Seit er wusste, dass Ramina schwanger war, wollte er eine überdachte Veranda anbauen. Erst zwei Tage später gelang es ihm endlich, zu seinem Dorf durchzudringen. Sein Haus, sein Strandrestaurant weggefegt. Trümmer, aufgehäuft und zusammengeschoben, überkrustet mit Schlamm. Er hatte Mühe, sich zu orientieren. Nichts war übrig geblieben, alles abrasiert, weggeschwemmt. Zwischen geknickten, zerrupften Palmen ein paar Bretter. Fast blind vor Tränen stolperte er umher. Er traf Nachbarn, die mit Stangen in den Trümmern herumstocherten, um vielleicht noch etwas Brauchbares zu finden. Er fragte nach Ramina, nach Aimée. Mitleidiges Kopfschütteln erhielt er zur Antwort. Wer hier gewesen war, hatte keine Chance gehabt. Die Nachbarn hatten in den Hügeln auf den Feldern gearbeitet und so überlebt. Steve konnte seine Lieben nicht einmal begraben, nur beweinen. Alle Leichen, die geborgen und nach und nach vom Meer freigegeben wurden, mussten auf schnellstem Wege in Gemeinschaftsgräbern beigesetzt werden. Es gab keine langen Untersuchungen zur Identifizierung. Die Regierung hatte Angst vor Seuchen. Tagelang war er noch umhergeirrt, hatte überall nachgefragt, Überlebende gesucht. Vergeblich. Ramina und Aimée waren tot, damit musste er sich abfinden.

Steve drosselt das Tempo und fährt an die Tankstelle. Benzin hat er genug, aber er muss sich abreagieren, braucht jetzt einen Kaffee. Zu frisch ist noch das Grauen, zu schmerzlich die Erinnerung. Langsam schlürft er das starke, heiße Gebräu und geht dabei auf und ab. Er hatte zunächst nicht gewusst, was er tun sollte. Im einstigen Paradies zu bleiben, das nun total verwüstet war, kam nicht in Frage. Die Erinnerung würde ihn martern, der Schmerz seine Seele zernagen. So besann er sich auf seine Heimat und beschloss, nach Hause zurückzukehren. Nicht nach Hamburg, sondern nach Australien.

Sieben Jahre war er alt, als seine Mutter nach dem Tod seines Vaters diesen MacPherson heiratete und ihm in dessen Heimat folgte.

Steve überlegt. Wie lange ist es eigentlich her, dass er im Morgengrauen das Haus seines Stiefvaters verlassen hatte? Achtzehn Jahre, zwanzig Jahre? Er rechnet nach, es sind einundzwanzig Jahre. Wie es wohl seiner Mutter und MacPherson in der Zwischenzeit ergangen ist? Er hat nie etwas von ihnen gehört. Ihnen allerdings auch keine Möglichkeit gegeben, ihm zu schreiben. Auf den spärlichen Postkarten, die er seiner Mutter zu Weihnachten und zum Geburtstag schickte, stand nie ein Absender. Jetzt bereut er sein Verhalten.

Nach der Katastrophe in Phuket hat er sich auf den Weg nach Australien gemacht. Zu Fuß, in überfüllten Bussen oder mitgenommen von Lastwagen gelangte er nach Trang. Von dort flog er über mehrere Zwischenstationen nach Singapur und schließlich nach Perth.

32. Kapitel

Nun ist er also unterwegs. Je länger er fährt, desto stärker kehren die Erinnerungen zurück. Er sieht sich als kleinen Jungen in Hamburg in der Grundschule. Im Winter auf der zugefrorenen Binnenalster, wie er mit Freunden Schlittschuh läuft, im Sommer mit seinen Eltern beim Segeln. Es war eine unbeschwerte, eine glückliche Zeit. Dann starb sein Vater bei einem Verkehrsunfall. Steve war untröstlich und verzieh seiner Mutter nie, dass sie kurz nach Ablauf des Trauerjahres wieder geheiratet hat. Ian MacPherson, irischstämmig und deutlich älter als seine Mutter, war Witwer, kinderlos. Er lebte in Australien und handelte mit landwirtschaftlichen Geräten. Seine Mutter hatte ihn auf irgendeiner Messe kennengelernt, bei der sie aushilfsweise gearbeitet hatte. Die Hochzeit wurde noch in Hamburg gefeiert, dann der Haushalt aufgelöst, und Steve begab sich mit seiner Mutter auf den langen Flug nach Australien. MacPherson war schon vorgereist. Unterwegs hatte die Mutter Steve ernste Vorhaltungen gemacht. Er solle etwas netter zu dem neuen Vater sein. Sie habe ihn schließlich nur seinetwegen geheiratet, damit er ein gesichertes Zuhause und Chancen für eine gute Schul- und später Berufsausbildung habe. In Hamburg könne sie ihm nichts davon bieten. Auch wolle sie nicht, dass er vaterlos aufwachse.

Aber die Sprüche hat er ihr nicht geglaubt. Damit wollte sie ihm den Stiefvater nur näherbringen. Nicht mit ihm. Er würde seinen richtigen Vater niemals vergessen und den Neuen nicht akzeptieren. So jung er damals auch war, er hat es durchgehalten. Er hat den neuen Mann seiner Mutter niemals Dad, Daddy oder Vater genannt, wie sie es gerne gehabt hätte, sondern immer nur MacPherson. Steve, Stevie hat der ihn genannt, das war schlimm, denn er heißt Stefan. War aber vielleicht ganz gut so, denn Stefan hatte sein richtiger Vater ihn immer gerufen. Im Laufe der Jahre und vor allem in der Schule ist jedoch endgültig Steve aus ihm geworden.

Am Straßenrand steht qualmend ein betagter Thunderbird. Daneben eine junge Frau, die wild winkt. Steve hält. »Kann ich helfen?«

»Er hat den Geist aufgegeben. Das kam nicht unerwartet, aber ausgerechnet hier! Können Sie mich bis zum nächsten Ort mitnehmen?«

»Aber sicher.«

Sie holt aus dem Kofferraum mehrere Pakete und einen gefüllten Einkaufskorb. Dann lässt sie sich aufatmend neben Steve auf den Sitz fallen.

»Ein Glück, dass Sie vorbeikamen. Seit einer halben Stunde sind Sie das erste Fahrzeug. Ich war ziemlich verzweifelt. Übrigens, ich bin Alice Abbotts.«

»Steve MacPherson.«

Sie mustert ihn von der Seite.

»Sind Sie aus der Gegend?«

»Ich habe in meiner Jugend einige Jahre hier gelebt. Jetzt komme ich aus …«, er macht eine Pause, »… aus Phuket.«

»Phuket?«

Ihre Augen sind vor Schreck weit aufgerissen.

»Da war doch gerade dieser schreckliche Tsunami?«

»Ja, und deshalb bin ich dort weg.« Leise fügt er hinzu: »Ich habe alles, Familie, Freunde, Existenz, alles verloren.«

»Oh, Entschuldigung«, flüstert sie, »… ich wollte nicht …«

Sie schweigen eine Zeit lang. Steve ist es recht. Im nächsten Ort steigt sie am Drugstore aus.

Weiter geht die Fahrt. Auf staubiger Straße geradeaus nach Norden.

Etwas huscht über die Straße, ein Tier. Er schreckt auf und tritt auf die Bremse. Da ist er doch glatt ins Träumen geraten. Es dämmert bereits. Eigentlich ist er heute genug gefahren. Bis zum nächsten Ort sind es noch zehn Meilen. Das passt. Er wird dort übernachten. Gleich am Ortsrand befindet sich eine Tankstelle mit Motel und Restaurant. Das einzige weit und breit, wie er später erfährt. Steifbeinig klettert er aus dem Wagen, reckt und streckt sich. An der Rezeption holt er den Zimmerschlüssel und lässt sich aufs Bett fallen. Seine Augen wandern umher. Nicht gerade elegant, eher karg, aber zweckmäßig. Schrank, Tisch, Stuhl, eine geräumige Dusche. An der Wand, dem Bett gegenüber, der TV-Bildschirm, fest verschraubt, sicher ist sicher. Aus dem Kühlschrank in der Zimmerecke holt er zwei Dosen Bier, eisgekühlt. Aaaaah, das tut gut. Mit dem Handrücken wischt er sich die letzten Tropfen aus den Mundwinkeln. Ein drittes Bier versagt er sich, erst muss er etwas essen. Er blickt auf die plärrende Fernsehreklame und überlegt. Soll er erst essen gehen oder erst duschen? Er rappelt sich vom Bett hoch und sieht in den Spiegel. Ein verschwitztes, unrasiertes Gesicht mit Schmutzspuren auf der Nase blickt ihn an. Schlimm sieht er aus, wie ein Vagabund. Na ja, irgendetwas in der Art ist er schließlich auch. Dann doch lieber erst duschen.

Eine halbe Stunde später betritt Steve frisch gewaschen und rasiert das Restaurant, wie es sich hochtrabend nennt. Das hat sicher auch mal bessere Tage gesehen und versucht nun mühsam, den Schein aufrechtzuerhalten. Fächerpalmen siechen staubbedeckt in ausgetrockneten Töpfen dahin. Dazwischen stehen weiß gedeckte Tische, deren Tischtücher sich beim näheren Hinsehen als Papier entpuppen. Es sind nur wenige Leute da. Ein ältliches Farmerehepaar, offenbar auf der Durchreise, einige junge Kerle, die ihre Mädchen ausführen, ein rotgesichtiger Mann am Spielautomaten. Steve bestellt Bier, die angepriesenen Riesenhamburger im Doppelpack und Pommes mit Ketchup. Es schmeckt besser, als er gedacht hat. Während er noch kaut, taucht aus Richtung der Toiletten eine hochtoupierte, grell geschminkte Blondine auf, setzt sich zu ihm und schlägt die Beine übereinander. Ihr rotes Minikleid mit dem tiefen Ausschnitt ist so eng, dass er denkt, gleich platzt es auf wie eine Wurstpelle.

»Bestellst du mir etwas zu trinken, sweetheart?«, flötet sie und spitzt dabei geziert den Mund.

»Zieh Leine«, sagt er. »Wenn du versprichst, mich in Ruhe zu lassen, kannst du dir an der Theke auf meine Rechnung ein Bier geben lassen, sonst läuft bei mir nichts.«

Steve sieht ihr nach, wie sie Richtung Ausgang stöckelt. Er denkt an Ramina, seine geliebte Ramina, sie fehlt ihm so sehr. Keine kann sie je ersetzen. Die Wurstpellenmadam, diese Karikatur von einer Frau, soll ihr Bild nicht beschmutzen. Nie würde er so eine anrühren.

Ruhelos wälzt er sich im Bett hin und her. Die Matratze ist durchgelegen und quietscht bei jeder Bewegung. Um das Brummen der Klimaanlage zu übertönen, stellt er den Fernseher an und zappt durch die Programme. Nichts, was ihn interessiert. Berichte von Katastrophen – davon hat er genug; er kann es nicht mehr ertragen –, Autorennen, Boxen, Bericht von den Australian Open, Western und Liebesfilme. Nichts für ihn dabei. Er schaltet aus, legt sich zurück und überlegt. Schätzungsweise zwei, vielleicht auch drei Tage Fahrt hat er noch vor sich. Was wird ihn zu Hause erwarten? Ob das Haus und der Ort sehr verändert sind? Seine Mutter müsste jetzt neunundfünfzig sein. Was sie wohl sagen wird? Ob sie ihn gleich wiedererkennt? Er hat ihr viel zu erzählen. Vierzehn Jahre war er alt, als er den heftigen Streit mit seinem Stiefvater hatte. Einen Nichtsnutz hatte der ihn genannt, einen Taugenichts, Faulpelz und ihm einige kräftige Ohrfeigen verpasst. Das konnte Steve nicht hinnehmen. Zu viel hatte sich in ihm angestaut. Er hat zurückgeschlagen, einmal, zweimal, bis MacPherson stolperte und hinfiel. Blut floss aus seiner Nase. Steve war in sein Zimmer gerannt und hatte sich eingeschlossen. Er hörte seine Mutter schluchzen und MacPherson brüllen. Als alles still war und sich nichts mehr rührte, packte Steve einen Rucksack mit dem Nötigsten und verließ ohne ein Wort zu hinterlassen im Morgengrauen das Haus. Danach trampte er monatelang kreuz und quer durchs Land, arbeitete als Saisonarbeiter in der Landwirtschaft und auf dem Bau. Wie jung und unbedarft er damals war, und was er alles ausgehalten hat! Zwei Jahre trieb er sich ziellos herum. Oft hatte er kein Dach über dem Kopf, kroch in Schafställen unter, bettelte bei den Hirten am Lagerfeuer um ein Stück Fleisch und einen Becher Kaffee. Aber er fühlte sich frei und unabhängig. Er wurde groß und kräftig, gezeichnet von Wind und Wetter. Schließlich gelang es ihm, im Hafen von Adelaide auf einem Frachtschiff mitzufahren. Er hatte beim Beladen geholfen, jede Menge Kisten und Säcke geschleppt und dabei das Abfahrtssignal überhört. Vielleicht war es auch Absicht gewesen. So genau weiß er das heute nicht mehr. Da er nun schon mal an Bord war und sich anstellig zeigte, avancierte er zum Schiffsjungen. Der Kapitän, ein rothaariger, zu Whisky und Jähzorn neigender Ire, machte ihm klar, dass er zwar bleiben, aber keinen Lohn erwarten könne. Denn es gebe ihn nicht, er stehe nicht auf der Besatzungsliste. Eine Koje, Verpflegung und einige abgelegte Klamotten, mehr sei nicht drin. Steve war das recht so. Die Hauptsache weg von zu Hause. Er hatte ein Dach über dem Kopf, ausreichend zu essen und zu trinken, mehr brauchte er erst mal nicht. Die meiste Zeit nahm ihn Lin, der chinesische Koch, in Beschlag. Der war klein, alterslos und verknittert. Ein dünner Zopf baumelte ihm wie ein Rattenschwanz über den Rücken. Mit hoher dünner Stimme murmelte er unaufhörlich vor sich hin oder sang eintönige unverständliche Weisen. Er ließ Steve Berge von Kartoffeln schälen, Gemüse putzen, Fleisch in schmale Streifen schneiden. Er zeigte ihm, wie Fische ausgenommen und zubereitet werden, wie körniger Reis gelingt und das Hantieren mit Gewürzen. Steve war ein gelehriger Schüler. Er aß gerne, es machte ihm Freude zu kochen und unter den Augen seines Lehrmeisters auch mal etwas Neues auszuprobieren. Lin war ausnehmend zufrieden mit seinem Lehrling. Er erreichte, dass der Kapitän Steve ab und zu einige Dollar Taschengeld zahlte. Steves Chance kam, als Lin eine Woche hohes Fieber hatte und seine Koje nicht verlassen konnte. Nun war Steve ganz allein für die Küche verantwortlich. Er kochte, briet und buk mit Leidenschaft, gönnte sich des Nachts nur wenige Stunden Schlaf, um morgens frisches Brot aufzutischen. Die Besatzung war zuerst skeptisch, dann aber begeistert. Als Lin wieder gesund war, ließ der Kapitän Steve zu sich kommen.

»Das hast du ganz fabelhaft gemacht. Du bist ein richtig guter Koch. Fast ein Jahr bist du jetzt bei uns für kaum mehr als Kost und Logis. Es wäre frevelhaft, dich hier weiter als Aushilfe zu beschäftigen, und für zwei Köche ist mein Schiff zu klein. Nächste Woche sind wir in Melbourne. Ich schreibe dir ein Zeugnis, und werde mit meiner Reederei und dem Schifffahrtsbüro sprechen. Bei deinen Fähigkeiten solltest du versuchen, eine Stelle auf einem Kreuzfahrtschiff zu bekommen.«

Steve war aufgeregt, er konnte die Ankunft in Melbourne kaum abwarten. Nachdem die Formalitäten erledigt waren und mit dem Ausladen begonnen wurde, hatte er Zeit, um herumzulaufen. Staunend ging er durch die Straßen, er spürte weder Hunger noch Durst, der Anblick der Stadt überwältigte ihn. Am nächsten Tag konnte er als vierter Hilfskoch auf dem Kreuzfahrtschiff »Hanseatic« anfangen. Mit dem selbständigen Komponieren phantasievoller Gerichte war es jetzt zwar vorbei, aber Steve war zufrieden. Seine Kollegen waren nett und Guido, der italienische Küchenchef, übertrug ihm immer mehr Verantwortung.

33. Kapitel

Das Leben auf dem Kreuzfahrtschiff war aufregend. Ein direkter Kontakt zu den Passagieren bestand nicht und war untersagt. Bei den wöchentlichen Galadiners marschierte er mit den anderen Köchen und dem Personal im großen Ballsaal auf. Stand am Ende der Küchencrew im Spalier, wenn die Eingangstüren geöffnet wurden. Er sah mit großen bewundernden Augen auf die Damen in ihren Abendkleidern und die Herren im Abendanzug oder Dinnerjackett. Wenn er mittags auf Deck hinter dem Büfett stand, Fleisch zerteilte und den Gästen die gewünschten Stücke auf dem Teller anrichtete, ergab sich hin und wieder ein kurzer Wortwechsel mit dem ein oder anderen Gast.

Vier Jahre reiste er so kreuz und quer durch die Welt. Bald kannte er alle Häfen, die üblicherweise angelaufen wurden, liebte Mädchen in Neapel, Sydney, Singapur und Kapstadt.

Es gab auch einige Passagiere, in der Regel weiblich und alleinstehend, die immer wieder auf unterschiedlichen Routen mitfuhren. Sie hatten Geld und schätzten den Komfort und die Atmosphäre an Bord.

Steve schien es ganz besonders einer Amerikanerin angetan zu haben. Sie reiste immer allein, scharte nach kurzer Zeit einen Trupp alter und nicht so alter Männer an der Bar um sich, wo sie ständig Drinks ausgab. Die jeweiligen Ehefrauen durchbohrten sie derweil mit giftigen Blicken. Das störte Mrs. Drowns überhaupt nicht, sondern schien sie zu amüsieren. Dem Alter nach hätte sie fast seine Mutter sein können. Steve bewunderte sie. Vielleicht wegen ihrer direkten unkomplizierten Art. Er war von ihr fasziniert und beobachtete sie bei jeder sich bietenden Gelegenheit. Es war Mitte Mai, einige Tage, bevor die Reise »Afrika und Westliches Mittelmeer« zu Ende ging. Steve wollte gerade die Grillstation abräumen, als Mrs. Drowns herantrat, einen Teller nahm und ein Steak mit Tomaten und viel Zwiebeln bestellte. Während das Fleisch vor sich hin brutzelte, sagte sie halblaut:

»Junger Mann, Sie gefallen mir. Ich möchte Sie als Koch, aber auch als Chauffeur und für alles, was sonst noch so anfällt, in meine Dienste nehmen. Ich zahle gut, und es soll auch sonst nicht Ihr Schaden sein. Die nächste Zeit bis September/Oktober verbringe ich in meiner Villa bei Cannes. Danach reise ich vielleicht nach Ägypten, Indien oder Florida. Es kann auch eine Kreuzfahrt sein, wenn Sie davon nicht erst einmal genug haben. Überlegen Sie es sich gut. Ich erwarte Ihre Antwort übermorgen beim Abschiedsdinner.«

Steve war verblüfft, er wusste nicht, was er sagen sollte. Er stotterte: »… ja aber, … ich weiß nicht … wieso?«

Inzwischen kamen andere Gäste von einem Ausflug zurück und wollten ebenfalls noch etwas zu essen haben. Er legte das Steak auf den Teller, drapierte Grilltomaten und Zwiebeln, tropfte einen Klecks Barbecuesauce an die Seite, blickte Mrs. Drowns an und reichte ihr den Teller. Dabei verbeugte er sich und murmelte verlegen:

»Sehr wohl, Madame, ganz wie Sie wünschen, guten Appetit.«

Steve wusste nicht, was er von dem Angebot halten sollte. Über Art und Umfang der von ihm verlangten Dienste machte er sich keine Illusionen. Aber warum nicht? Er war frei und ungebunden, Mrs. Drowns war ihm sympathisch, der Rest würde sich zeigen. Und auf dem Schiff war er lang genug gewesen.

Der Abschiedsabend. Die Tische festlich geschmückt, üppige Blumendekorationen, Kerzenbeleuchtung. Das Büfett beladen mit Vorspeisen, Butterskulpturen, kunstvoll drapierten Salattürmen. Silberne Platten mit pochiertem Lachs, ein gegrilltes Spanferkel in einem Beet von Äpfeln, Geflügel, glaciertes Gemüse. Ausgefallene Käsesorten und Desserts in allen Farben, geformt als exotische Vögel. Von dunkler Schokolade bis zu zartgelber Zitronencreme.

Trotz der Jahre, die inzwischen vergangen sind, weiß Steve heute noch, wie er sich damals gefühlt hat. Er könnte das Bild malen. Sein Platz war hinter dem Tisch mit der flambierten Eisbombe, vor ihm drängten sich die Gäste. Dann kam sie, schlenderte ruhig, fast gemächlich heran. Das burgunderfarbene lange Kleid glänzte im Schein der Kerzen. Sie hielt ihm den Teller hin.

»Ein bisschen von allem. Und …?«, fragend sah sie ihn an. »Aber gewiss, sehr gerne«, sagte er und schaute ihr fest in die Augen.

»Dann bis morgen nach dem Ausschiffen. Am Kai wartet mein weißer Cadillac.«

34. Kapitel

Die Zeit mit Mrs. Drowns war unglaublich. In ihrer Küche gab er nur ein Gastspiel. Ziemlich schnell avancierte er vom heimlichen Liebhaber zum offiziellen ständigen Begleiter. Es war ein Leben in Luxus und Überfluss. Zu Beginn wurde zwar viel über ihn getuschelt, keiner wusste, wer er war und wo er herkam. Mrs. Drowns lancierte das Gerücht, er sei ein entfernter Verwandter von ihr. Der Klatsch interessierte Steve nicht. Er liebte diesen Job. Er hatte in der Villa ein eigenes Appartement, bekam eine komplette Ausstattung, Kleidung, eine teure Uhr, alles, was er sich wünschte und dazu noch ein großzügig bemessenes Taschengeld, wie sie es nannte. Es war von beiden Seiten eine Zweckverbindung, aber ausnehmend glücklich und befriedigend. Er mochte und bewunderte Mrs. Drowns, es machte ihm nichts aus, ihr stets zu Diensten zu sein und sie zu lieben. Im Gegenteil. Er tat es gerne und bemühte sich, sie mit den ihm zur Verfügung stehenden Mitteln nach allen Regeln der Kunst zu erfreuen. Über fünf Jahre dauerte diese Episode, dann erkrankte Mrs. Drowns an Leberzirrhose und starb schließlich an einer Lungenentzündung. Ihre Geschenke – kostbare Ikonen, Fayencen, eine goldene Rolex und zwei weitere Luxusuhren – hatte er nach der Diagnose und als er sah, wie es ihr immer schlechter ging, wohlweislich bei einem Auktionator untergebracht. Er hatte so ein unbestimmtes Gefühl. Der Erlös war in der Schweiz gut angelegt. Zwar hatte ihn Mrs. Drowns großzügig in ihrem Testament bedacht. Aber dessen ungeachtet jagten die Erben, zwei Töchter und ein Sohn ihn zum Teufel, kaum dass er seine Anzüge und persönlichen Sachen einpacken konnte.

Nach vielem Hin und Her wurde ihm das Vermächtnis, wenn auch nur zum Teil, ausgezahlt. Aber streiten mochte er nicht. Eine Auseinandersetzung vor Gericht hätte ihm widerstrebt. Irgendwie konnte er die Einstellung der Erben auch verstehen. Sie sahen in ihm den Schmarotzer, der von ihrer Mutter ausgehalten wurde. Dabei hat er sie auf seine Weise wirklich geliebt. Das merkte er nach ihrem Tod. Er vermisste sie und nicht nur das luxuriöse Leben an ihrer Seite. Sie hatte ihm Verständnis für Literatur, Musik und Kunst beigebracht, ihm Kultur und Bildung vermittelt. Reich war er nicht geworden, hatte aber doch einiges beiseitegelegt. Es war sein Traum, irgendwo im Süden am Meer ein eigenes Speiserestaurant aufzumachen. Schließlich hat er sich am Strand von Phuket niedergelassen.

35. Kapitel

Ja, seine Mutter wird staunen. Wenn er darüber nachdenkt, so ist doch etwas aus ihm geworden. Zeitweise hatte er sogar Familie, aber die Erinnerung daran schiebt er schnell beiseite, es ist zu schmerzlich. Über seinen Stiefvater macht er sich keine Gedanken. Der ist deutlich älter als seine Mutter und inzwischen hoffentlich schon tot. Außerdem kann der ihm nichts mehr anhaben. Der kleine nichtsnutzige Stevie ist inzwischen ein erwachsener Mann.

Am nächsten Morgen steht er früh auf. Er will ein möglichst weites Stück der Strecke hinter sich bringen. Ein schnelles Frühstück mit einem Becher Kaffee und zwei Donuts, dann tanken und los geht's. Im Rückspiegel sieht er die Blondine vom Abend aus einem feuerroten Truck klettern. Sie hat es also doch geschafft, sich einen aufzureißen, denkt er und grinst.

Vor ihm dehnt sich die Straße, sie scheint kein Ende zu nehmen. Rechts und links Farmland, Schaf- und Rinderherden. Ab und zu greift er nach der Wasserflasche auf dem Beifahrersitz und trinkt. Heiß ist es, am Horizont flirrt die Luft und gaukelt ihm Häuser und Wälder vor. Hitzespiegelungen. Zum Pinkeln hält er an einem Eukalyptusbaum. Gedankenverloren sieht er zu, wie der Strahl im Bogen auf die rissige Erde trifft und gierig von ihr aufgesogen wird. Irgendwelche Pflanzen oder Mikroorganismen werden davon profitieren. Die Klimaanlage funktioniert nicht mehr. Der Wagen ist eben doch eine alte Klapperkiste. Hoffentlich hält er durch. Hier in der Einöde mit einer Panne liegenzubleiben, das wäre das Letzte. Steve kurbelt die Fenster hinunter, sucht im Radio einen Sender. Gerede über Landwirtschaft interessiert ihn nicht, Klaviermusik, eine Sportreportage. Halt, er dreht zurück. Tatsächlich, die Beatles. Wie lange hat er sie nicht mehr gehört! Mit dieser Musik ist er praktisch aufgewachsen. Sein Vater hatte sie in Hamburg gehört, immer wieder davon erzählt und ihre Platten gespielt. Steve hat fünf Kassetten mit ihren Songs in der Reisetasche. Sie begleiten ihn überallhin. Den Recorder hat er im Schlamm von Phuket zurückgelassen. Außerdem war er zu sperrig. Irgendwann muss er die Kassetten gegen CDs austauschen.

Steve dreht voll auf und singt laut mit.

»Hey Jude, don't make it bad …, Penny Lane…, we all live in a yellow submarine …« Die Texte kann er immer noch. Bei Yesterday kommen ihm fast die Tränen. Zu sehr passen die Worte zu seiner Situation. »… all my troubles seemed so far away… there's a shadow hanging over me.« Das fröhliche »Ob-la-di, ob-la-da, life goes on bra la la, how the life goes on«, tröstet ihn dann etwas.

35. Kapitel

Am übernächsten Tag kommt ihm die Gegend auf einmal bekannt vor. Nicht mehr weit, dann macht die Straße eine Biegung. Noch drei bis vier Meilen, dort ist der See, in dem er als Junge mit Schulfreunden gebadet hat. Ob es den wohl noch gibt? Gespannt schaut er nach vorn. Ein Parkplatz, ein Drugstore, Tische und Bänke, Wohnwagen, eine Barbecue-Station drängen sich am Ufer. Die Idylle von einst gibt es nicht mehr. Nun ja, seit seiner Jugend ist eine geraume Zeit vergangen, da muss er realistisch sein. Er parkt, kauft die billigste Badehose, die es gibt – ein Handtuch hat er in seiner Reisetasche – und geht an der altbekannten Stelle ins Wasser. Das steinige Ufer von einst ist verschwunden, Sand ist angeschüttet. Aber das Wasser ist dasselbe. Kühl und erfrischend umschließt es seinen Körper. Mit kräftigen Stößen schwimmt er bis zur Mitte, dreht sich auf den Rücken und spürt das erste Mal nach dem schrecklichen Ereignis so etwas wie Zuversicht. Hier wird er seine Wurzeln wiederfinden und anfangen, sein Leben neu zu ordnen, sich eine Existenz aufzubauen. Er könnte einen Imbiss oder eine Snackbar aufmachen und wenn es gut läuft, später dann vielleicht wieder ein eigenes Restaurant eröffnen. Mal sehen, was seine Mutter dazu meint.

Die Badepause hat richtig gut getan. Erfrischt setzt er sich wieder hinters Steuer. Er muss jetzt bald da sein. Vielleicht eine Stunde noch, mehr auf keinen Fall.

Steve hat richtig geschätzt. Da vorne ist das Ortsschild. Hier also hat er seine Jugendjahre verbracht. Er kann es kaum glauben. Steve schaut staunend um sich. Die staubbedeckten Holzhäuser, die in der Sonne vor sich brüteten, sind verschwunden. Überall neue Gebäude, geteerte Straßen, geschäftiges Treiben. Auf dem ehemals tristen Sandrondell, das den Marktplatz darstellte, plätschert ein Brunnen, es gibt Blumenrabatte, ein Denkmal, Bäume. Er muss zweimal zurückfahren, bis er die richtige Straße findet, in die er einbiegen muss. Früher war sie am Ortsende, jetzt ist sie nahe der Ortsmitte. Fast städtisch sieht es hier aus. Steve ist verunsichert. Aber es muss doch irgendwo in dieser Gegend sein. Er hält an, steigt aus und geht zu Fuß weiter. Dort das Haus mit der geschnitzten Eule auf dem Vordach, das kennt er. Hier wohnten die Campells. Mit dem Sohn Tom hat er immer Fußball gespielt. Dessen Schwester Betsy fand er zickig, eigentlich hat er sie aber heimlich verehrt. Was wohl aus der geworden ist? So, dann ist es jetzt das fünfte Haus. Aber – er verzögert den Schritt – wie hat es sich verändert! Ein verglaster Wintergarten ist angebaut. Durch hohe Glasfenster sieht er Korbmöbel, eine Hollywoodschaukel und Töpfe mit Grünpflanzen. Der Schuppen, in dem MacPherson die landwirtschaftlichen Geräte aufbewahrt hat, ist verschwunden. An dieser Stelle steht nun eine Doppelgarage, in der Einfahrt ein Pickup. Durch das geöffnete Garagentor erblickt er einen dunkelroten Buick. Der Garten vor dem Haus ist deutlich verkleinert. Dort, wo seine Mutter ihre Rosen gehegt und gepflegt hat, steht eine Schaukel. Steve geht um das Grundstück herum zur Rückseite. Ja, das ist der Garten seiner Jugend. Die Bäume, in denen er so oft herumgeklettert ist und sich im Gezweig vor dem Stiefvater versteckt hat. Er späht durch den Zaun. Ein Swimmingpool, den gab es zu seiner Zeit noch nicht. Darin planscht ein Mädchen, etwas älter als seine Aimée, als sie … ihm kommen die Tränen. Lautes Bellen. Aus dem Haus stürzt ein zottiger Hund und stürmt auf die Stelle am Zaun zu, hinter der Steve steht. Der Hund kläfft und kläfft. »Ruhig, Billy, ruhig«, ruft eine männliche Stimme. Aber der Hund hört nicht auf. Als Steve vom Zaun zurücktritt und weitergeht, begleitet ihn der Hund auf der anderen Seite und bellt noch lauter. Ein Mann um die vierzig, nicht besonders groß, breitschultrig, kurze Hose, offenes kariertes Hemd, läuft aus dem Haus. »Billy, was hast du?« Er greift nach dem Hund, aber der reißt sich los, springt von neuem zum Zaun und fletscht die Zähne. Der Mann sieht aufmerksam um sich.

»Ist da jemand?«

Auf einmal erblickt er Steve.

»Was tun Sie denn hier, machen Sie, dass Sie wegkommen oder ich hetze den Hund auf Sie!«

»Nicht, es ist nicht, wie Sie denken. Ich habe nichts Böses vor und bin kein Spanner. Mein Name ist Steve MacPherson, ich habe als Junge hier mit meiner Mutter und deren Mann gelebt. Ich habe angenommen, vielleicht auch eher gehofft, dass sie noch hier wohnt. Aber das ist wohl nicht der Fall. Das Haus ist auch total verändert. Wissen Sie etwas von meiner Mutter? Ich suche sie.«

Der Mann sieht Steve prüfend an.

»MacPherson, sagen Sie? Das war die Vorbesitzerin. Sie ist verstorben. Vor sechs – nein sieben – Jahren haben wir das Haus gekauft und wohnen seitdem hier. Kommen Sie doch rein, ich werde Ihnen alles erzählen, was ich weiß. Ich bin übrigens Tom March.«

Steve geht am Zaun entlang zum Tor, wo bereits Herr und Hund auf ihn warten.

Steve wirft einen skeptischen Blick auf das Tier.

»Der tut Ihnen nichts, ich werde Sie miteinander bekannt machen. Billy, das ist Steve MacPherson, dem tust du nichts, verstanden. Der darf rein.«

Billy stellt die Ohren auf, legt den Kopf schief und wedelt mit dem Schwanz. Dann hebt er eine Pfote, als wolle er in die Luft kratzen.

»Sehen Sie, alles geregelt.«

Tom March tätschelt Billys Kopf.

Beklommen betritt Steve das Haus, in dem er sieben Jahre gelebt hat und das nun völlig verändert ist. Größer, moderner. Neugierig schaut er sich um. In der Diele steht noch der klobige Eichenschrank, in dem die Marchs, wie es früher schon seine Eltern in Hamburg taten, die Garderobe aufbewahren. Seine Mutter hat ihm erzählt, dass dieser Schrank noch von ihren Großeltern stammte, die ihn der Tochter zur Hochzeit geschenkt haben. Die hat ihn dann wiederum ihrer Tochter zur Hochzeit geschenkt. Als Steve drei Jahre alt war, habe er sich einmal darin versteckt und sei eingeschlafen. Sie und sein Vater hätten lange nach ihm gesucht und dabei Ängste ausgestanden. Gerade als sie die Polizei alarmieren wollten, sei er völlig verschlafen aus dem Schrank hervorgekrochen. Der Schrank war eines der wenigen Teile, die von Hamburg mit nach Australien gereist sind. MacPherson war gegen den weiten Transport. Das sei viel zu teuer und es lohne sich nicht. Aber Steves Mutter hatte darauf bestanden. Sie wollte ein Andenken an die Heimat und ihre Familie haben, außerdem sei der Schrank eine echte Antiquität. Irgendwas mit Aachen und Lüttich. Auch der goldgerahmte Spiegel mit den Lampen an beiden Seiten stammte noch aus der Hamburger Wohnung. Tom March ist Steves Blicken gefolgt.

»Wir haben das Haus damals so erworben, wie es stand, mit allem, was drin war an Möbeln und Hausrat.«

Sie setzen sich auf die Terrasse. Frau March kommt heraus. Sie ist in Jeans und T-Shirt. Auf Steve macht sie einen sehr sympathischen Eindruck. Klein, rundlich, mit kurzen blonden Haaren, Sommersprossen um die Nase. Sie bringt Drinks, Kaffee und Muffins.

»Komm, Betty, setz dich zu uns. Das ist Steve, er hat als Kind viele Jahre hier gelebt.«

Betty March strahlt ihn an. »Das muss ein merkwürdiges Gefühl für Sie sein. Nach Jahren zurückzukommen und fremde Leute im Haus vorzufinden.«

Tom March nimmt einen Schluck von seinem Whisky, wendet sich Steve zu und erzählt: »Das Haus haben wir einer Frau Kleinert abgekauft. Das ist die Schwester von Sabine MacPherson, die hier nach dem Tod ihres Mannes jahrelang allein gelebt hat. Sie stammte aus Hamburg, hatte einen Sohn aus erster Ehe, der sich mit dem Stiefvater nicht vertrug und als Jugendlicher abgehauen ist. Von dem hat niemand mehr was gehört. Frau MacPherson hatte Krebs. Die letzten Monate vor ihrem Tod wurde sie von ihrer Schwester betreut und liebevoll gepflegt. Das alles haben uns die Nachbarn erzählt. Die Schwester, Frau Kleinert, lebt in Deutschland. Sie war einige Monate hier. Nach der Beerdigung wollte sie möglichst schnell nach Hause zurück. Sie war die einzige Angehörige, der Sohn galt als tot …, das sind dann aber offenbar Sie. Also doch nicht tot, sondern ganz lebendig …«

Tom March blickt Steve durchdringend an. Der nickt beklommen. In seinem Hals steckt ein Kloß. Er macht sich Vorwürfe. Warum hat er die ganzen Jahre nichts von sich hören lassen oder ist einmal selbst gekommen? Möglichkeiten dazu hätte es genug gegeben.

Inzwischen erzählt Tom March weiter. »… hat sie sich bemüht, so schnell wie möglich alles abzuwickeln und das Haus zu verkaufen. Sie war eine richtige Lady. Elegant, klug und tatkräftig. Sie erzählte uns, dass sie in guten Verhältnissen lebe und den Erlös aus dem Hausverkauf anlegen wolle. Vielleicht tauche der Neffe ja doch einmal wieder auf. So kam es, dass wir das Haus, so wie es stand, und mit allem Inventar erworben haben.«

Betty March mischt sich ein. »Eine traurige Geschichte, nicht wahr? Schauen Sie sich um, was noch da ist. Ein paar Möbel, Bilder und ich glaube, oben im Zimmer auch einige Bücher. Wenn Sie das ein oder andere Stück zur Erinnerung haben möchten, können Sie es gerne mitnehmen.«

Steve nickt. Er kann im Augenblick nichts sagen. Zu stark ist die Erinnerung. Während seiner Reisen mit Mrs. Drowns wäre es ein Leichtes gewesen, einen Abstecher nach hier einzuplanen. Es ist ihm nicht in den Sinn gekommen. Warum eigentlich nicht? Und nun? Zu spät, zu spät, zu spät.

Die Marchs scheinen seine Betroffenheit zu spüren. Sie schweigen und sehen ihn mitfühlend an. Nach einer Weile sagt Betty: »Das ist sicher schwer für Sie. Ihre Fahrt war lang und anstrengend. Bleiben Sie die Nacht hier. Wir haben ein Gästezimmer.«

Tom pflichtet ihr lebhaft bei. »Unbedingt. Ich schaue in unseren Unterlagen nach, da finde ich sicher die Adresse von Frau Kleinert. Zumindest habe ich irgendwo noch die Adresse der Bank, an die ich den Kaufpreis überwiesen habe.«

36. Kapitel

Das Gästezimmer ist sein früheres Kinderzimmer. Nicht wiederzuerkennen mit den hellen Holzmöbeln, dem Webteppich und den gemusterten Behängen. Erdfarbene geheimnisvolle Linien und Zeichen, die bestimmt von den Aborigines stammen oder ihnen nachempfunden sind. Als Junge war Steve von deren Legenden und Mythen über die Traumzeit fasziniert und hatte sich sehnlichst gewünscht, auf den Traumpfaden seiner Ahnen das Land durchstreifen zu können. Aber sein Vater stammte aus Berlin und er selbst war in Hamburg geboren, da gab es für ihn keinen Zugang zu dieser Welt. Damals war Steves Zimmer eine bessere Abstellkammer, dunkel, vollgestellt mit ausrangierten Möbeln. Aus dem schmalen Eisenbett ist er nachts oft herausgefallen. Offensichtlich wurde das Fenster vergrößert. Anders kann er sich die Veränderung nicht erklären. Nur die Aussicht auf die Weide mit knorrigen Akazien, die ist dieselbe geblieben. Oft stand er in diesem Zimmer nachts am Fenster, schaute zum Sternenhimmel und träumte sich in die weite Welt hinaus. Nun, von der weiten Welt hat er in der Zwischenzeit eine ganze Menge gesehen. Helga Kleinert ist die Schwester seiner Mutter. Sie war also hier und hat sich um alles gekümmert. Hat seiner Mutter beigestanden, die Beerdigung, den Hausverkauf organisiert, alles getan, was eigentlich seine Aufgabe gewesen wäre. Er schämt sich. Seine Tante Helga. Als sie in Hamburg lebten, kam sie hin und wieder zu Besuch, wenn sie Urlaub an der Nordsee machte. Steve erinnert sich genau. Einmal ist er mit seinen Eltern für einige Tage zu Tante Helga auf eine Nordseeinsel gefahren. Welche Insel war es? Er weiß es nicht mehr. Er ist mit der Tante durchs Watt gewandert und sie haben Muscheln gesucht. Bei der Hochzeit seiner Mutter hat er sie das letzte Mal gesehen. Sie mochte MacPherson genauso wenig wie er. Sie hatte Steve erklärt, wie wichtig die Heirat für seine Mutter und auch für ihn sei. Der plötzlich verstorbene Vater hätte Mutter und ihn praktisch unversorgt hinterlassen. Steve wolle doch nicht, dass sich seine Mutter kaputt arbeiten müsse, um für sie beide den Lebensunterhalt zu verdienen. Da wäre das die beste Lösung. Am Abend vor dem Schlafengehen hat sie noch eine Partie Mau Mau mit ihm gespielt. Er hatte damals Tante Helga gemocht. Er würde zu ihr nach Deutschland fahren. Steve denkt an das kleine Mädchen, das vor dem Abendessen schüchtern hereingekommen ist und den fremden Mann neugierig angeschaut hat. Sie ist nur wenig älter als Aimée, als sie … Er schnäuzt sich geräuschvoll. Es hat keinen Zweck, er darf nicht immer alles auf die Vergangenheit beziehen. Er muss an die Zukunft denken. In Deutschland, seiner alten Heimat, wird er ein neues Leben beginnen. Getröstet schläft er ein.

Am nächsten Morgen wacht er nach tiefem traumlosem Schlaf erfrischt auf. Er öffnet das Fenster und sieht das kleine Mädchen der Marchs auf einem Pony über die Wiese reiten. Der Hund umkreist sie mit großen Sprüngen. Sie winkt ihm zu. Nach einer schnellen Dusche geht Steve hinunter.

»Kommen Sie in die Küche«, hört er Bettys Stimme.

»Ich habe Ihr Frühstück hier.«

Steve setzt sich an den Küchentisch. Die Marchs wirken, als seien sie schon seit Stunden auf. Es ist ihm ein bisschen peinlich.

»Tut mir leid, ich habe wohl verschlafen?«, sagt er und schmiert sich einen Toast mit Erdnussbutter und Orangenmarmelade.

»Unsinn. Wir sind nur immer sehr früh wach. Unsere Tochter hält uns auf Trab. Und so müde, wie Sie nach der langen Fahrt waren, hätten Sie ruhig noch länger schlafen können.«

Betty lächelt ihn an und gießt Kaffee nach. Tom zieht einen Stuhl heran und breitet ein Bündel Papiere aus.

»Hier ist alles, was ich gefunden habe. Die Anzeige, der Kaufvertrag und einige Briefe über die Abwicklung.«

Steve notiert sich die Adresse seiner Tante. Helga Kleinert, 50999 Köln-Rodenkirchen, Grüngürtelstraße 27 Haus 2, Deutschland. Sie lebt also in Köln. Wohl in einem Stadtteil oder einem Vorort. Heute noch wird er ihr einen Brief schreiben und mitteilen, dass er kommt.

Zuerst aber zieht es ihn auf den Friedhof. Wenn es ihm auch nicht gelungen ist, seine Mutter zu Lebzeiten wiederzusehen, so will er wenigstens ihr Grab besuchen. Lange steht er dort. Auf der steinernen Platte stehen die Namen *Ian MacPherson, 1928–1994* und darunter *Sabine MacPherson, geb. Kleinert, verw. Simons, 1945–1998.* 1998 ist er nach Thailand gezogen und hat Ramina kennengelernt. Das Schicksal ist schon seltsam. Im Todesjahr seiner Mutter beginnt sein Leben mit Ramina.

Die Marchs kümmern sich rührend um Steve. Sie bemühen sich, Informationen für ihn zu beschaffen und alte Nachbarn aufzutreiben. Am Abend sitzen zwei Ehepaare und eine alte Dame aus dem Ort im Wintergarten mit ihnen zusammen und erzählen Steve von seiner Mutter. Am nächsten Morgen besucht er noch einmal den Friedhof. Unter herzlichen Dankesbezeugungen verabschiedet er sich von den Marchs. Sie wünschen ihm für die Zukunft alles Gute. Er verspricht, sich aus Deutschland zu melden und ihnen mitzuteilen, wie es für ihn weitergeht.

Dann fährt er bummelnd durch die Gegend, kreuz und quer, auf der Suche nach Stätten seiner Kindheit und Jugend. Dabei kommt er sich ein wenig vor wie bei Jack Kerouacs *On the road*.

Zwei Wochen dauert das freie ungebundene Leben. Schließlich fährt er nach Perth, verkauft den Chevrolet für vierhundert Dollar, fliegt nach Melbourne und weiter nach Frankfurt.

37. Kapitel

Am Freitag erhält Bettina einen DIN A4-Umschlag mit ihrer gesammelten Post. Natürlich sind alle Umschläge geöffnet, damit die Gefängnisverwaltung den Inhalt überprüfen kann. Das stört sie nicht. Sie hat nichts zu verbergen. Mit dem Hausmeister, dem einzigen Menschen in ihrem Haus, den sie kennt und dem sie vertraut, hat sie gleich nach ihrer Inhaftierung eine Vereinbarung getroffen. Er sieht nach ihrer Wohnung, lüftet ab und zu, leert den Briefkasten und schickt die Post ins Gefängnis. Dafür bekommt er monatlich einen bestimmten Betrag. Bettina will nach ihrer Entlassung dort weiter wohnen und legt Wert darauf, dass alles in Ordnung gehalten wird. Bei guter Sozialprognose kann sie nach acht Jahren auf Bewährung freikommen. So lange steht die Wohnung eben leer. Miete, Nebenkosten, Versicherungen und anderes werden abgebucht. Zum Glück hat sie weiter ihre regelmäßigen Einkünfte. Hier braucht sie kaum etwas. Der braune Umschlag enthält Kontoauszüge, eine Mitteilung ihrer Krankenversicherung und die Nebenkostenabrechnung der Hausverwaltung. Für sie ergibt sich eine Erstattung, wie schön. Aber das ist klar, sie verbraucht ja zu Hause nichts. Dazwischen ist ein Brief mit ausländischen Briefmarken. Er kommt aus Australien. Gespannt liest sie:

»Liebe Tante Helga, du bist sicher verbluefft, von deinem Neffen einen Brief zu bekommen. Ja, ich bin es, Stefan, der Sohn deiner Schwester Sabine. Wir haben uns zuletzt in Hamburg gesehen, als Mutter MacPherson geheiratet hat. Da war ich sieben Jahre. Danach sind wir ja nach Australien ausgewandert. Wie du aussiehst, das weiss ich natuerlich nicht mehr, es ist zu lang her. Aber ich fand dich nett, das weiss ich noch genau. Du hattest mir Schokolade und einen Fussball mitgebracht. Der Fussball ist mit nach Australien gereist. Ich habe noch lange mit den Jungs aus dem Ort damit gespielt. Mit meinem neuen Vater habe ich mich nicht gut vertragen. Er hat staendig rumgebruellt und mich auch geschlagen. Weil dort alle meinen Namen nicht aussprechen konnten, bin ich zu Steve geworden. Mit der Zeit sogar fuer Mutter, die mich dann nur noch Stevie nannte. Als ich vierzehn war, wurde das Zusammenleben mit meinem Stiefvater unertraeglich. Wir hatten staendig Streit miteinander. Ich konnte es nicht mehr aushalten und bin abgehauen. Ich habe all die Jahre viel erlebt und fast die ganze Welt gesehen. Davon werde ich dir erzaehlen. Ab und zu hab ich Mutter geschrieben, aber nie etwas von ihr gehoert. Wie sollte das auch gehen, da ich lange von Ort zu Ort gezogen bin und nicht sesshaft war. Schliesslich habe ich mich in Phuket niedergelassen und in Strandnaehe ein Restaurant aufgemacht. Ich habe eine zauberhafte Frau geheiratet und eine entzueckende Tochter bekommen. Ramina und Aimée. Ich war gluecklich mit meiner Familie, die Geschaefte liefen gut, alle Gaeste waren zufrieden. Ich plante, Mutter einzuladen, eine Zeit mit uns zu verbringen.

Dann kam der Tsunami.

Es war noch Weihnachten, der 26. Dezember 2004. Du weisst, was geschehen ist. Die Presse in der ganzen Welt hat darueber berichtet, das Fernsehen war staendig vor Ort. Ich habe alles verloren, wollte nicht weiterleben, war aber zu feige, um Schluss zu machen. Stattdessen bin ich nach Hause gefahren, um mich mit Mutter zu versoehnen, wollte einen neuen Anfang machen. Aber ich kam zu spaet, viel zu spaet. Mutter war laengst gestorben. Es war eine solche Enttaeuschung. Ich habe einfach nicht darauf geachtet, wie die Zeit vergangen ist, sondern immer nur im Jetzt gelebt. Du kannst dir sicher vorstellen, was fuer Vorwuerfe ich mir gemacht habe. Jetzt bin ich bei den Marchs. An die hast du das Haus verkauft. Sie haben mir alles berichtet. Eine alte Nachbarin aus dem Ort hat mir erzaehlt, wie liebevoll du dich um Mutter in ihren letzten Wochen gekuemmert hast. Das ist mir ein Trost. Von den Marchs habe ich auch deine Adresse. Ich werde noch zwei oder drei Wochen durch die Gegend hier fahren und die Staetten meiner Kindheit und Jugend aufsuchen. Vielleicht gibt es noch alte Schulfreunde. Offenbar werde ich mit dem Alter sentimental. Danach komme ich zu dir nach Koeln.

Mr. March sagte, du haettest aus dem Hausverkauf Geld fuer mich nach Deutschland mitgenommen. Vielleicht kann ich mir damit eine neue Existenz aufbauen.

Bis bald, Tante Helga, ich freue mich darauf, dich wiederzusehen oder vielmehr dich wieder kennenzulernen.

Bis dann gruesst dein Neffe Stefan.«

Bettina lässt den Brief sinken. Das ist ja unglaublich. Sie schaut auf das Datum, geschrieben am 3. Februar. Heute ist der 27. Februar. Was soll sie bloß tun? Den Brief einfach nicht zur Kenntnis nehmen, wegwerfen? Nein, das geht nicht. Stefan würde sie aufspüren, sein Erbe beanspruchen. Ob er für sie gefährlich werden kann? Sie liest den Brief noch einmal. Eigentlich nicht. Es ist Jahre her, dass er seine Tante gesehen hat. Er schreibt selbst, dass er nicht mehr weiß, wie sie aussieht. Und das Erbe? Das Geld aus dem Verkauf des Hauses ist festgelegt, das soll er haben, das steht ihm auch zu.

Am Montag hat sie ein Gespräch mit der Sozialarbeiterin. Sie zeigt ihr den Brief, schildert die Situation und bittet sie, den Hausmeister zu informieren. Er soll Stefan alles erklären und ihn in die Wohnung lassen. Eigentlich ist das eine ganz gute Lösung. Er kann dort wohnen und sich um alles kümmern, bis sie wieder draußen ist. Sicher wird er sie besuchen. Fast freut sie sich darauf. Jetzt ist sie also Tante eines schon totgeglaubten Neffen.

Sie ist gespannt auf ihn.

38. Kapitel

Gleich nach der Landung in Frankfurt versucht Steve mehrfach, Tante Helga anzurufen. Aber der Anschluss bleibt tot. In der Flughafenpost lässt er sich ein Kölner Telefonbuch geben und überprüft die Nummer. Sie steht genau so drin, wie er sie gewählt hat. Ob die Nummer gesperrt ist, weil sie die Rechnung nicht bezahlt hat? Das kann er sich nicht vorstellen. Tom March hat gesagt, die Tante lebe in gesicherten finanziellen Verhältnissen.

Der Zug aus Frankfurt endet in Köln Hauptbahnhof. Es regnet. Steve fröstelt. Jetzt ist er also in Deutschland, wo er geboren ist, seiner eigentlichen Heimat. Hier in Köln bei seiner Tante wird er sich ein neues Leben aufbauen. Dazu gehört vor allem, den ungeliebten Namen abzulegen. Sein Stiefvater hat ihn zum Glück nie adoptiert. Nicht Steve MacPherson, Stefan Simons heißt er. Das ist sein Name, ist es immer gewesen. In weiser Voraussicht hat er damals bei seiner Flucht den deutschen Reisepass mitgenommen und ihn nie aus der Hand gegeben. Seine Wanderjahre in Australien und auf dem Meer hat er – zunächst illegal – als Steve MacPherson verbracht. Der äußerlich ruppige, aber fürsorgliche Kapitän des Frachters hat es dann in Melbourne irgendwie arrangiert, das Steve nicht nur Arbeitspapiere, sondern auch einen australischen Pass bekommen hat. Für den gültigen deutschen Pass hat Mrs. Drowns gesorgt, die die Deutschen liebt. »Sie haben mehr Kultur«, hat sie gesagt. Dank ihrer vielen Beziehungen ist Simons längst abgelaufener Reisepass erneuert worden. »Das ist mir lieber so. Es ist einfacher, mit einem Deutschen in der Welt herumzureisen.« Mrs. Drowns verdankt er wirklich viel.

An Tante Helga, die Schwester seiner Mutter, hat er nur eine undeutliche Erinnerung. Bei der Hochzeit seiner Mutter mit MacPherson war sie Trauzeugin. Seine Mutter hing sehr an ihrer Schwester und hat oft von den gemeinsamen Kinder- und Jugendjahren erzählt. Ein tröstlicher Gedanke, dass seine Mutter ihre letzten Wochen zusammen mit der geliebten Schwester verbracht hat.

Vor der Bahnhofsvorhalle bleibt er stehen und schaut um sich. Das also ist der weltberühmte Dom. Gerade jetzt bricht die Sonne durch die Wolken. Stefan ist überwältigt. Er hat schon viel in der Welt gesehen, aber dieses Bauwerk beeindruckt ihn zutiefst. Nach einem Moment des stillen Staunens will er losstürmen, den Dom von innen sehen. Aber er beherrscht sich. Bei dieser Begegnung will er wach und konzentriert sein, nicht übermüdet hineinstolpern. Es soll ein Fest werden.

An der Information im Bahnhof erkundigt er sich nach einer preiswerten Unterkunft. Er hat zwar einiges gespart und Aussicht auf das Geld aus dem Hausverkauf, aber man weiß ja nie. Ihm wird das Hostel für Backpackers in Bahnhofsnähe genannt. Dort empfängt ihn ein buntes Gemisch von Jugendlichen aus aller Welt. Für ein paar Tage dürfte das Quartier ausreichen. Er versucht noch ein paar Mal bei der Tante anzurufen, aber immer erfolglos. Die Leitung bleibt tot.

Sehr merkwürdig, denkt Stefan. Vielleicht wohnt sie nicht mehr dort? Möglicherweise hat sie sich aus dem Staub gemacht, nachdem sie seinen Brief bekommen hat. Vielleicht hätte er besser nicht geschrieben, sondern sie überrascht? Dann hätte sie ihm nicht ausweichen können. Schließlich weiß er von den Marchs, wie viel sie für sein Erbe kassiert hat. Wahrscheinlich fürchtet sie, das Geld rausrücken zu müssen und ist deshalb abgehauen. Dann ist sie inzwischen über alle Berge und er muss Nachforschungen über ihren Verbleib anstellen. Das dürfte in einem Land, in dem er noch fremd ist, nicht einfach sein. Andererseits ist Deutschland bekannt für seine Bürokratie, da lässt sich alles nachvollziehen. Er muss sich dann eben einen versierten Anwalt suchen.

Den Abend verbringt er mit einer Gruppe junger Amerikaner in einem Kölner Brauhaus. Am Nachbartisch sitzen fünf Kegelschwestern. Stefan versteht erst nicht, was das bedeutet. Er denkt an Krankenschwestern, eine Girls Group oder ähnliches. Darüber bricht die Runde Mädels in heftiges Gelächter aus. Stefan lernt von ihnen, was ein »Halver Hahn« auf der Speisekarte bedeutet, er trinkt zum ersten Mal in seinem Leben Kölsch und isst ein Krüstchen-Gulasch. Die lockere Art der Menschen hier gefällt ihm. Beim Gang zur Toilette ruft er immer wieder bei Tante Helga an. Vergeblich.

Am nächsten Morgen macht er sich auf den Weg zur Wohnung der Tante. Er geht zur U-Bahn-Station vor dem Bahnhof. Aus der Jackentasche holt er den Zettel mit Helga Kleinerts Anschrift.

»Können Sie mir sagen, wie ich zu dieser Adresse komme?«, fragt er zwei junge Frauen.

»Am besten fahren Sie mit der Linie 16«, sagt die eine der beiden. »Kommen Sie mit, ich habe nämlich ein Stück weit den gleichen Weg.«

Sie hilft ihm, eine Fahrkarte aus dem Automaten zu ziehen. Er schätzt die Frau auf Anfang dreißig. Sie trägt Jeans und eine rote Regenjacke. Die braunen Haare sind halblang, das Gesicht ist ungeschminkt. Auf Stefan wirkt sie unkompliziert und sehr natürlich.

»Wo kommen Sie her? Sind Sie als Tourist in Köln?«, fragt sie.

»Nein, ich will hier bleiben. Ich bin in Deutschland geboren, in Australien aufgewachsen und als Schiffskoch viel in der Welt herumgekommen. Etliche Jahre habe ich in Thailand gelebt, aber dann kam der Tsunami.«

Leise fährt er fort.

»Ich habe alles, meine Familie, meine Existenz verloren.«

»Schrecklich. Das tut mir leid. Es muss ganz entsetzlich gewesen sein. Ich habe es im Fernsehen verfolgt. Die armen, armen Menschen. Eine Katastrophe!«

Sie schweigen eine Weile.

»Und wie kommen Sie auf Rodenkirchen?«

»Meine Tante, die Schwester meiner Mutter, lebt dort.

Deshalb werde ich mich wohl in Köln niederlassen. Vielleicht kann ich irgendwo als Koch arbeiten.«

Sie unterhalten sich angeregt. Als die Bahn den Tunnelbereich verlassen hat, erklärt sie ihm die Ringstraßen, zeigt ihm Reste der alten Stadtmauer und die Severinstorburg. An der Haltestelle Chlodwigplatz steigt sie aus.

»Sie fahren jetzt noch fünf Stationen bis zum Bahnhof Rodenkirchen. Dort nehmen Sie den Bus 135. Ich meine, es sind dann noch vier Haltestellen; am besten fragen Sie noch einmal.«

Stefan bedankt sich. Freundliche Menschen hier, denkt er. Die Frau ist nett, er hätte gerne nach ihrer Handynummer gefragt, um sie vielleicht wiederzusehen. Aber er traut sich nicht, seine Situation ist noch zu unklar.

Als er den Bus verlässt, nieselt es. Er schlägt den Kragen des Anoraks hoch und zieht die Kapuze tief ins Gesicht. Es ist nicht weit. Villen mit Vorgärten, die Häuser gepflegt, meist zwei- oder dreigeschossig. Die schmalen Straßen amüsieren ihn. Aber auch die Autos sind hier viel kleiner als in Australien. Die angekündigten Hochhäuser findet er ziemlich niedrig. Nur so sechzehn bis achtzehn Stockwerke. Aber hier in Deutschland herrschen eben andere Maßstäbe. Die letzten Meter läuft er fast, so gespannt ist er. Hier ist es also. Seitlich der Eingangstür eine Tafel mit Namensschildern und Klingelknöpfen. Da, da steht es: Helga Kleinert. Sie ist also nicht weggezogen, wohnt hier noch. Sein Herz klopft jetzt bis zum Hals. Er drückt einmal. Nichts, kein Summen, keine Stimme aus der Gegensprechanlage. Ein zweiter Versuch. Nun hält er den Klingelknopf länger gedrückt, wiederholt, zweimal, dreimal, nichts. Sie ist eindeutig nicht zu Hause. Na ja, jetzt am Vormittag ist sie sicher einkaufen. Dann muss er eben warten. Der Regen hat nachgelassen, aber es ist immer noch unfreundlich. Kein Wetter für einen Spaziergang. Obwohl der Rhein ganz nah ist. Stefan hat ihn vom Bus aus gesehen. Er geht einmal um das Haus herum. Die Anlage besteht aus drei Gebäuden. Er schaut nach oben und versucht sich vorzustellen, welcher Balkon zur

Wohnung der Tante gehört. So weit ist er gereist, da kann er sich auch noch etwas gedulden. In der Ecke neben der Haustür setzt er sich auf die oberste Stufe. Hier ist er auch gegen den Regen geschützt. Er streicht sich übers Gesicht und spürt seinen Bart. Unrasiert ist er und sieht wohl auch ziemlich verknittert aus. Hoffentlich hält man ihn nicht für einen Landstreicher und jagt ihn weg. Wie lange braucht eine Frau wohl, um einzukaufen? Bei dem Wetter macht sie bestimmt keinen ausgedehnten Stadtbummel. So zwei Stunden wird er warten und es dann morgen wieder versuchen. Oder er schreibt ihr eine Notiz.

Die Zeit schleicht dahin. Die Haustür geht auf. Eine ältere Frau, in Regenmantel und Gummistiefeln sowie mit einem Foxterrier an der Leine erscheint. Stefan rappelt sich hoch, will sie nach Frau Kleinert fragen, aber die Frau streift ihn mit einem verächtlichen Blick. »Komm, Bobby, los, los«, ruft sie ihrem Hund zu und verschwindet eilig um die Hausecke.

Mittag ist inzwischen vorbei. Stefan hat allmählich Hunger und Durst. Das Frühstück im Hostel mit Müsli, Obst, Brötchen und Spiegeleiern war zwar reichlich, aber stundenlang hält das auch nicht vor. Er klingelt noch einmal, obwohl das völliger Blödsinn ist. Denn seit er wartet, ist außer der Frau mit dem Hund niemand gekommen. Stefan beschließt, zurück zum Hostel zu fahren, sich ein bisschen in der Stadt umzusehen und morgen wiederzukommen.

39. Kapitel

An der Rückseite des Nachbarhauses sieht er einen Mann im grauen Kittel, der mit dem Rechen den Kiesweg bearbeitet, Papier und Plastikbecher aufsammelt und in einen Müllsack verstaut. Stefan geht auf ihn zu.

»Guten Tag, ich bin der Neffe von Frau Kleinert, die hier wohnt. Ich komme aus Australien, habe ihr geschrieben und meinen Besuch angekündigt. Jetzt warte ich schon über zwei Stunden vor der Tür. So lange kann sie doch nicht einkaufen sein. Oder ist sie verreist? Wissen Sie etwas?«

»Ah, guten Tag, Herr Simons, Stefan Simons, nicht wahr? Ich bin Hermann Schmitz, Hausmeister, Gärtner und für alles in der Anlage zuständig. Ich weiß Bescheid, habe Sie schon erwartet. Noch zwei Minuten, ich räume nur meine Geräte in den Keller, und dann kommen Sie mit hinein, ich werde Ihnen alles erzählen.«

Stefan ist beunruhigt. Das klingt anders, als mal eben zum Einkaufen weg. Was ist los? Ist die Tante krank, vielleicht tot? Unsinn, an der Haustür ist das Namensschild. Ungeduldig wartet er, bis der Hausmeister alles verstaut hat. Dann geht er mit ihm in dessen Wohnung im Erdgeschoss, gleich hinter der Eingangstür auf der rechten Seite. Stefan sieht sich um. Warm und gemütlich ist es hier. Ein Sofa mit zwei Sesseln, ein Regal mit Ordnern, Katalogen und Büchern, ein Schrank, Fernseher und eine Glasvitrine voller Flaschen und Gläser. Dazwischen stehen zwei Zimmerpalmen.

»Möchten Sie einen Kaffee oder lieber einen Tee? Vielleicht mit Rum? Sie müssen doch ziemlich durchgefroren sein, wenn Sie schon so lange vor der Tür warten. Es ist richtiges Aprilwetter. Wie wir in Köln sagen: *usselisch*.«

»Ein Tee mit Rum wäre bestens, aber was ist mit meiner Tante?«

»Nicht so schnell, das ist eine längere Geschichte.«

Für Stefan viel zu umständlich holt Hermann Schmitz Teekanne, Tassen, Zucker, dazu die Rumflasche und eine Schale mit Schokoladenkeksen. Endlich sitzt er ihm am Tisch gegenüber.

»Also, Ihre Tante wohnt hier und wohnt eigentlich doch nicht hier. Es ist ihre Wohnung, ich soll Sie hineinlassen. Sie können dort wohnen.«

»Ich verstehe kein Wort«, sagt Stefan.

»Ja, wissen Sie, Ihre Tante sitzt.«

»Wie sitzt, wo sitzt sie, was heißt das?«

»Na ja, im Knast, im Gefängnis. Sie hat ihren Mann umgebracht und ist verurteilt worden. Zwölf Jahre hat sie gekriegt.«

Stefan hätte vor Schreck fast die Tasse fallen lassen. Mit weit aufgerissenen Augen und offenem Mund sieht er Hermann Schmitz an.

»Ja, sehen Sie, das hätte von uns im Haus auch niemand gedacht. Wo sie doch immer wie eine Dame war. Ja, eine richtige Dame, das war sie. Nie ein böses Wort. Auch wenn irgendwas im Haus oder in ihrer Wohnung nicht in Ordnung war. Andere haben sich lautstark beschwert. Sie nicht, immer freundlich. Was glauben Sie, was im Haus los war, als sie auf einmal verhaftet wurde. Nee, nee.«

Der Hausmeister nimmt schlürfend einen Schluck Tee, gießt einen ordentlichen Schuss Rum dazu und trinkt erneut. Dann steht er auf, geht zum Schrank, zieht einen Ordner heraus und schlägt ihn auf.

»Ich habe alles gesammelt. Alle Zeitungsartikel und Bilder, die Berichte über die Gerichtsverhandlung. Tagelang ging das durch die Presse. Hier, sehen Sie, im Express, das Titelblatt.«

Das Bild zeigt eine schmale Frau, schwarzer Mantel, blasses Gesicht, flankiert von zwei Polizistinnen, und darüber in fetten schwarzen Blockbuchstaben: »DIE SCHWEIGENDE MÖRDERIN.«

Stefan kann es nicht fassen. Er blättert vor, blättert zurück und lauscht gebannt Hermann Schmitz, der ihm alle Einzelheiten schildert. Schließlich lässt er erschöpft den Ordner sinken. Das hätte er nie gedacht, damit hat er nicht gerechnet. Obwohl er doch in seinem Leben schon einiges erlebt hat. Und überhaupt, was weiß er schon von der Tante? Sie ist zwar die Schwester seiner schönen, sanften Mutter, aber muss sie deshalb genauso sein? Ob seine Mutter davon erfahren hatte? Die liebte ihre Schwester sehr und die beiden hatten sich immer geschrieben, manchmal auch telefoniert, jedenfalls in der Zeit, bevor er von zu Hause weggelaufen war. Und was nun? Ich habe ihr doch geschrieben, dass ich komme, denkt er, aber vielleicht hat er es auch laut ausgesprochen. Denn der Hausmeister sagt sofort:

»Den Brief habe ich ihr ins Gefängnis nachgeschickt. Wissen Sie, ich sorge ein bisschen für die Wohnung Ihrer Tante. Im Winter drehe ich die Heizung auf, lüfte ab und zu und schicke ihr hin und wieder Post nach, obwohl inzwischen kaum noch etwas kommt. Sie hat mir mitgeteilt, dass Sie kommen. Es gibt in Ossendorf, dort ist das Gefängnis, eine sehr nette Sozialarbeiterin, Frau Niebel. Wenn etwas zu regeln ist, ruft die mich an oder ich wende mich an sie. Die Wohnung ist eine Eigentumswohnung. Sie gehört Ihrer Tante. Sie ist so, wie sie von ihr verlassen wurde. Das war im November 2003. Alles, was schlecht werden konnte, habe ich natürlich ausgeräumt, die Blumen, die Vorräte aus dem Kühlschrank. Er ist abgestellt. Wasser und Strom funktionieren, das Telefon ist allerdings abgemeldet. Hier sind die Schlüssel, kommen Sie, gehen wir hinauf.«

Stefan ist wie vor den Kopf geschlagen, keine Tante, die ihm weiterhelfen kann. Aber immerhin, er hat eine Bleibe, und sogar eine ziemlich luxuriöse, wie er später feststellt. Er folgt dem Hausmeister in den Aufzug und sie fahren hinauf. Hermann Schmitz schließt die Wohnungstür auf, es riecht muffig. Er geht gleich durch und macht die Balkontür weit auf. Frische, würzige Luft weht herein.

»Irgendwie macht es sich doch bemerkbar, wenn eine Wohnung unbewohnt ist, aber das wird sich ja jetzt ändern.«

Hermann Schmitz geht durch die Wohnung. Prüft die Wasserhähne, knipst Licht an und aus, stöpselt den Fernseher ein, zeigt Stefan die Gegensprechanlage und den Summer.

»Brauchen Sie Geld?«

Stefan schüttelt den Kopf

»Ich kann Ihnen sonst erst mal aushelfen. Ich bekomme von der Bank Ihrer Tante regelmäßig einen Betrag für die Nebenkosten der Wohnung und etwas für meine Tätigkeit überwiesen. Ich führe genau Buch darüber. Also leben Sie sich gut ein, wenn Sie etwas benötigen oder wissen wollen, fragen Sie mich.«

Als er schon am Aufzug ist, kommt er noch einmal zurück.

»Zur Wohnung gehört auch ein Abstellplatz im Keller. Dort steht noch ein Fahrrad von Ihrer Tante. Sie hat es kaum benutzt. Können Sie Fahrrad fahren?«

Stefan nickt.

»Dann werde ich es durchsehen. Wenn ich nichts Ernstes finde, ist es spätestens übermorgen für Sie fahrbereit.«

Stefan bedankt sich und schließt die Tür. Bedächtig geht er umher und sieht sich alles an. Besser hätte es eigentlich gar nicht sein können. Eine wunderbare Wohnung, groß und komfortabel, komplett eingerichtet, wie geschaffen für ihn. Allerdings staubig. Er würde einige Stunden mit Putzen verbringen müssen. Aber es ist ihm nicht bange davor. Im Gegenteil. Er freut sich darauf. Schließlich tut er es für sich.

Es klingelt. Der Pizzaservice, er hat ihn noch von der Hausmeisterwohnung aus angerufen. Der Bote ist ziemlich bepackt. Er bringt überbackene Makkaroni, eine große Pizza, zwei Baguettes, eine Tüte Kräcker und zwei Flaschen Wein. Das reicht fürs Erste. Stefan ist ziemlich hungrig. Er lässt es sich schmecken und trinkt eine halbe Flasche Wein dazu. Nach dem Essen inspiziert er weiter die Wohnung, schaut in alle Schränke. Abgesehen von dem Staub ist alles in ordentlichem Zustand. Er wird heute noch seine Sachen aus dem Hostel holen und hier einziehen. Besser kann er es nicht haben. Im Schlafzimmer nimmt er vorsichtig die Überdecke vom Bett, legt sie zusammen und bringt sie auf den überdachten Balkon. Dort schüttelt er, erst leicht, dann heftig. Das Bettzeug ist klamm. Er zieht es ab, lüftet Kissen und Plumeau. In diesen Laken hat eine Mörderin geschlafen, denkt er. Im Schlafzimmerschrank findet er saubere Bettwäsche.

40. Kapitel

Die nächsten Tage verbringt Stefan mit Putzen und Umräumen der Wohnung. In das kleine Zimmer am Ende des Flurs wuchtet er ein Element des Kleiderschranks und hängt dort Mäntel, Jacken und Kleider der Tante hinein. Er besorgt Umzugskartons, in die er Hosen, Pullover, weitere Kleider, Wäsche, Schuhe, Schmuck und mindestens zwei Dutzend Handtaschen ordentlich hineinsortiert. Wie kann eine Frau nur so viele Klamotten haben? Er fasst es nicht. Die Kartons stapelt er in drei Reihen übereinander. Das Zimmer ist nun total vollgestellt. Stefan füllt Müllbeutel mit eingetrockneten Kosmetika, zersetzten Putzmitteln, überalterten Konserven und nicht mehr verwendbaren Vorräten. Er arbeitet wie ein Besessener. Manchmal hätte es ihn schon gereizt, einzukaufen und sich etwas von seinen asiatischen Spezialitäten zu kochen. Aber das versagt er sich bewusst. Erst muss alles aufgeräumt und die Küche absolut sauber sein. Abends bestellt er sich etwas beim Pizzaservice, zappt durch das Fernsehprogramm und sinkt müde ins Bett. Wichtig ist, dass er sich bald um Arbeit kümmert.

Aber zuerst kommt der Besuch im Gefängnis bei seiner Tante. Der ist überfällig. Stefan ist neugierig auf sie, will sie kennenlernen. Nicht zuletzt will er auch wissen, was mit seinem Erbe, dem Erlös aus dem Haus in Australien ist.

Der Besuch im Gefängnis ist enttäuschend. Stefan weiß selbst nicht, was er erwartet hat. Hoffte er, in der Tante seine Mutter wiederzufinden? Immerhin waren sie Schwestern. Aber nichts davon, er verspürt keine besonderen Emotionen. Die schmale kleine Frau in dem grauen sackartigen Kleid, das soll Mutters Schwester, seine Tante Helga sein? Tom March hat sie als lebhaft, attraktiv und selbstbewusst beschrieben. Kann ein Gefängnisaufenthalt einen Menschen so verändern? Die gesamte Persönlichkeit vernichten? Stefan ist verwirrt. Aber jedenfalls hat er Klarheit über seine gegenwärtige Situation gewonnen. In den nächsten Jahren ist für Tante Helga noch nicht an eine Entlassung auf Bewährung zu denken. Bis dahin steht ihm ihre Wohnung als komfortable und preiswerte Bleibe zur Verfügung. Denn er braucht keine Miete zu zahlen, nur die laufenden Kosten. Das, was er an Gas, Wasser und Strom verbraucht, Telefon- und Fernsehgebühren. Das ist nicht mehr als recht und billig. Als Gegenleistung hat er versprochen, die Wohnung in Ordnung zu halten, sie pfleglich zu behandeln und sie der Tante bei ihrer Rückkehr frisch gestrichen zu übergeben. Erfreut hat er vernommen, dass die Tante den Erlös aus der Hausveräußerung in Australien zinsgünstig angelegt hat. Abzüglich der Anwalts-, Notar- und sonstigen Kosten für die Abwicklung sowie Provisionen und Geldtransferkosten bleibt ihm eine ansehnliche Summe. Alle Achtung, da hat die Tante vorzüglich zu seinem Besten gewirtschaftet. Das Geld reicht aus, um sich eine neue Existenz aufzubauen. Er könnte einen Stehimbiss aufmachen. Oder im Sommer mit einem Imbisswagen an die Rheinwiesen fahren. Ob es dafür große bürokratische Hürden gibt? Er wird sich erkundigen. Jedenfalls besteht kein Grund zur Eile. Seine Finanzen sind gesichert. Außerdem hat er noch das Schweizer Konto. Er kann also in aller Ruhe Pläne machen, braucht nichts zu überstürzen. Vielleicht sollte er sich zunächst eine Stelle in der Gastronomie suchen, am liebsten als Koch.

Um sich einen Überblick zu verschaffen, streift er durch die Stadt, schaut sich alles genau an, testet die gastronomischen Angebote in der Altstadt. Vieles, was er sieht und schmeckt, gefällt ihm nicht. Manches Mal denkt er, das kann ich bei gleichem Preis besser, frischer und vor allem sehr viel schmackhafter zubereiten.

41. Kapitel

Drei Monate später. Es ist ein lauer Sommerabend und die Altstadt voller Menschen. Alle genießen den Feierabend. Stefan schlendert durch den Rheingarten und überlegt, wo er sich hinsetzen und einen Wein trinken soll. Plötzlich hört er seinen alten Namen rufen.

»Hallo, Steve, Steve MacPherson?«

Vor dem Restaurant »Stapelhaus« sitzt eine Gruppe älterer und mittelalter Männer, die essen und trinken. Einer von ihnen mit einem üppigen grauen Haarschopf winkt lebhaft. Stefan tritt näher. Der Mann steht auf, kommt auf ihn zu.

»Steve MacPherson, aus Phuket, der Chef vom Lotus, sind Sie es wirklich?«

Er schlägt ihm auf die Schulter.

»Mensch, Steve, das ist ja unglaublich, was für ein Zufall, wie klein doch die Welt ist. Ich kann es nicht glauben, Sie hier in meinem Köln.«

»Leibhaftig und in eigener Person. Aber nicht mehr Steve MacPherson, sondern Stefan Simons«, antwortet Stefan.

Er erkennt den Mann. Es ist Lothar, der mit seiner jungen Frau Ines seit einigen Jahren immer die beiden letzten Januarwochen in Phuket verbracht und zu seinen Stammgästen gezählt hat.

»Kommen Sie, Steve … äh Stefan … setzen Sie sich zu uns und erzählen Sie. Wie kommen Sie hierher? Wie ist es Ihnen bei dem schrecklichen Unglück ergangen? Köbes, noch eine Runde Kölsch, oder wollen Sie lieber einen Wein?«

»Gerne ein Kölsch. Es schmeckt mir inzwischen, aber zuerst muss ich eine Kleinigkeit essen.«

»Überlassen Sie das mir, Stefan. Ich werde für Sie bestellen. Sauerbraten mit Rosinen, Rotkohl und Klößen. Das ist eine rheinische Spezialität, die Sie unbedingt probieren müssen. Der schmeckt hier besonders gut, ist aber natürlich etwas ganz anderes als Ihre Küche im Lotus. Nicht so leicht und elegant, sondern eher bodenständig. Eben deutsche Küche.«

Stefan stimmt ihm zu.

»Sauerbraten habe ich natürlich schon längst probiert. Den mag ich inzwischen ausgesprochen gern.«

Während er mit Appetit isst, hört er Lothar zu. Der erzählt seinen Kumpanen von Phuket, von Stefan und seiner Familie und lobt die Küche des Lotus in den höchsten Tönen. Stefan hat inzwischen aufgegessen, schiebt den Teller beiseite, räuspert sich und berichtet, um Fassung bemüht, was der Tsunami angerichtet hat und wie es ihm ergangen ist.

Als er geendet hat, schweigen alle betroffen.

»Um Himmels willen, das ist ja entsetzlich«, flüstert Lothar, »das Paradies zerstört, Ihre beiden … oh Gott, was für ein grausames Schicksal.« Er schweigt eine Weile. »Und nun, wie geht es weiter? Haben Sie hier Verwandte?«

»Ich lebe zur Zeit in Rodenkirchen in der Wohnung der Schwester meiner Mutter. Sie verbringt einige Jahre im Ausland und ist froh, dass sich jemand um die Wohnung kümmert. Ich habe ein paar Ersparnisse, das reicht fürs Erste.«

»Das klingt ja ganz gut, ist aber doch nichts auf Dauer. Was wird aus Ihnen, haben Sie schon etwas, eine Anstellung in Aussicht, Pläne?«

»Pläne ja, aber noch nichts Konkretes. Am liebsten würde ich wieder kochen. Das Problem ist, dass ich keine Unterlagen habe, der Tsunami hat alles vernichtet. Die Referenzen aus meiner Tätigkeit auf den Kreuzfahrtschiffen könnte ich vielleicht wieder beschaffen, aber das ist schon einige Zeit her. Ich habe also nichts, und meine Selbständigkeit nachzuweisen ist hier bestimmt schwierig. Wer nimmt mich da schon?«

»Wie wäre es denn mit einem Partyservice?«, sagt der Mann, der neben Lothar sitzt. »Schließlich kennen wir alle unseren Lothar als Feinschmecker. Und der sagt, dass Sie ganz toll kochen. Dann wäre das doch erst mal was. Wenn Sie für Privatleute tätig werden, fragt keiner nach Papieren. Da zählt nur das Ergebnis. Entweder es schmeckt oder es schmeckt nicht.«

»Das wäre eine Idee, da muss ich mal drüber nachdenken.«

Lothar gegenüber sitzt ein Mittfünfziger mit Ray Ban-Brille, gelichtetem Haupthaar und brauner Wildlederjacke zu beigefarbenem Seidenhemd. Gepflegt wirkt der Mann. Bisher hat er nichts gesagt. Sein mitfühlender Blick ist Stefan aufgefallen. Jetzt wendet der sich ihm zu.

»Ich bin Heinrich Alberts. Herr Simons, was halten Sie von Folgendem. Ich habe in drei Wochen Geburtstag, an einem Samstag. Eigentlich wollte ich nicht feiern, sondern ganz ruhig mit meiner Frau im Domhotel oder im Wasserturm essen gehen. Aber wenn ich es recht bedenke, könnten wir eine Gartenparty veranstalten, vorausgesetzt, Sie übernehmen das Kochen. Für Hilfspersonal, ein Zelt und was sonst so dazu gehört habe ich eine Adresse, bei der das alles gebucht werden kann. Lediglich für das Kochen muss ich jemanden stellen. Und da möchte ich gerne etwas Besonderes. Es werden so um die dreißig bis vierzig Gäste sein.«

Alberts schaut in die Runde. »Natürlich seid ihr alle eingeladen«, und zu Stefan gewandt sagt er: »Was meinen Sie dazu, können Sie das leisten?«

Stefan zögert keine Sekunde. Das ist eine Riesenchance für ihn.

»Auf jeden Fall. Wenn Sie mir nur sagen, was Sie sich vorstellen. Welche Art Küche, eher leicht oder deftig, asiatisch oder italienisch. Gekocht, gebacken, gebraten oder gegrillt. Ich kann auch mexikanisch kochen. Oder soll es von allem etwas sein?«

Lothar schaut in die Runde.

»Na, was sage ich euch. Steve, pardon, Stefan, ist phänomenal. Er hat alles drauf. Heinrich, du wirst begeistert und dein Geburtstag unvergessen sein.«

»Also abgemacht. Am besten besuchen Sie uns bald. Vielleicht geht es ja schon morgen. Dann können Sie die Örtlichkeiten betrachten und sehen, welche Möglichkeiten unsere Küche bietet.

Gemeinsam mit meiner Frau besprechen wir dann die Menüfolge und alles Weitere. Passt Ihnen morgen achtzehn Uhr?«

»Gerne«, Stefan nickt und steckt die ihm überreichte Visitenkarte ein.

Der Köbes kommt und bis auf Lothar zahlen alle, verabschieden sich und gehen.

»Steve, Sie sind von mir eingeladen. Ich möchte gerne mit Ihnen noch ein Bier trinken, wenn Sie nichts dagegen haben.«

»Ja, gerne, aber bitte denken Sie daran, ich bin jetzt Stefan Simons. Den Steve MacPherson gibt es nicht mehr, der gehört in eine andere Zeit.«

Stefan erzählt Lothar, der Geburtsname sei Stefan Simons. Der Stiefvater MacPherson habe ihn Steve genannt. In Phuket habe er diesen Namen geführt, weil er internationaler klinge als das biedere Stefan Simons.

»Das kann ich Ihnen nachfühlen. Ich werde mich bemühen, daran zu denken.«

Sie sitzen sich einige Minuten schweigend gegenüber. Stefan beobachtet das Anlegemanöver eines holländischen Schiffes und sieht, wie ein Bus vorfährt und die Kreuzfahrer abholt. Wahrscheinlich Köln bei Nacht oder so was. Er denkt wehmütig an seine Zeit auf den riesigen Kreuzfahrtschiffen. Das war in einem anderen Leben.

Lothar hat ein neues Kölsch vor sich und wischt sich den Schaum von den Lippen.

»Also, wenn das bei dem Alberts gut läuft, sind Sie im Geschäft. Der Heinrich ist ein sehr erfolgreicher Anwalt mit einer renommierten Kanzlei und kennt in Köln Gott und die Welt.«

»Es wird gut laufen. Und das verdanke ich dann Ihnen, Lothar.«

Lothar wehrt mit der Hand ab.

»Ist schon gut. Wir kennen uns schon lang genug.«

»Stimmt, Sie und Ines waren bestimmt vier Mal in Phuket.«

»Es waren genau fünf Mal. Und das ist das Problem.«

»Wieso?«

»Ines ist nicht meine Frau. Meine Frau heißt Anna-Lena und ist ein ganz anderer Typ. Das müssen Sie wissen, wenn wir uns auf dem Geburtstag von Alberts oder sonst irgendwo treffen. Ines gibt es nicht, verstehen Sie.«

»Verstanden. Sie können auf meine Diskretion vertrauen. Aber Sie haben doch eben selbst erwähnt, dass Sie in Phuket bei mir im Lotus gewesen sind.«

»Dass ich dort hinfahre, ist allgemein bekannt. Aber allein, zu einer Firmenveranstaltung. Eine Reise für die dreißig Besten der ganzen Welt. Belohnung für hervorragende Verkaufsergebnisse. Ich bin Autohändler. Mein Lieferant weiß es zu schätzen, wenn die Umsätze besonders gut sind. Das weiß jeder. Im Anschluss gönne ich mir noch einige Urlaubstage. Die Story ist wasserdicht. Meine Frau fährt inzwischen zum Arlberg. Skifahren und Wellness. Das Hotel ist nicht ganz billig, um nicht zu sagen ziemlich teuer. Wahrscheinlich turtelt sie dort mit ihrem Skilehrer. Was soll's, alle sind zufrieden.«

»Und Ines?«

»Ines kenne ich schon lange. Ich habe sie bei einem Aufenthalt in München kennengelernt, als ich eine Sekretärin brauchte. Das Hotel hat sie mir geschickt. Sie genießt diese zwei Wochen im Januar genauso wie ich.«

42. Kapitel

Das Fest bei Alberts ist ein voller Erfolg. Stefan bekommt weitere Aufträge. Runde und halbrunde Geburtstage, Betriebsfeiern, Verlobungsessen, sogar für Weihnachtsfeiern wird er schon gebucht. Seine Adresse wird herumgereicht, er gilt als Geheimtipp.

Stefan legt sich einen Kalender zu und richtet sich eine Homepage ein. Bald genügt ihm die zugegebenermaßen edle Einbauküche in Tante Helgas Wohnung nicht mehr. Er vermutet, dass bei ihr das Design eine größere Rolle gespielt hat als die Funktion. Er lässt sich bei der Auswahl Zeit. Bestellt dann eine Profiküche nach neuestem Standard. Das eine oder andere Teil hat er bei den Kochsendungen im Fernsehen abgeschaut. Die alte Kücheneinrichtung, Tisch, Lampen, alles muss raus. Nur vage denkt er daran, dass es ja nicht seine eigene Wohnung ist. Dass er sie eines Tages räumen muss und was wohl Tante Helga zu der Veränderung sagen wird. Bei seinem letzten Besuch im Gefängnis hat er ihr zwar erzählt, dass er eine kleine Umstellung in der Küche plane. Er hat ihr zugesagt, dass er bei ihrer Rückkehr alles wieder in den ursprünglichen Zustand versetzen werde. Jedoch bezweifelt er, dass sie sich das Ausmaß vorstellen kann. Er streicht mit der Hand über die Arbeitsplatte aus Edelstahl. Kühl und silbrig. Die Arbeitsplatte ist fast so lang wie die ganze Wand. Sie ist so groß, darauf könnte er glatt ein komplettes Schwein zerlegen. Die Anschaffung der Küche hat ein nicht unerhebliches Loch in seine Finanzen gerissen. Aber Stefan ist zuversichtlich, dass sich die Investition für ihn lohnt. Er kocht inzwischen nicht nur in der Küche seiner Auftraggeber, sondern liefert auch von zu Hause aus. Von einzelnen Platten oder Menüs bis zu Büfetts. Dies allerdings begrenzt für bis zu zwölf Personen. Zu mehr reicht seine Kapazität nicht. Bisher nicht. Mit der neuen Küche wird alles anders. Für Auslieferungen wird er bald auch kein Taxi oder einen Leihwagen mehr nehmen müssen.

Er hat schon einen Lieferwagen mit Kühlaggregat bestellt. Orangefarben. An den Seiten in fetten schwarzen Buchstaben: »Stefan Simons. Ich koche. Sie essen.« und die Telefonnummer.

Nur flüchtig denkt er an Tante Helga. Er kann sich die schmale Gestalt, die ihm jedes Mal im Besucherraum gegenübertritt, hier beim besten Willen nicht vorstellen. Obwohl es ihre Wohnung ist, sie hier gelebt hat. Die Einrichtung, ihre Sachen, die Kleidung wirken wie von einer anderen Frau. Ob eine Verurteilung und ein Gefängnisaufenthalt einen Menschen so verändern können? Egal, das soll heute noch nicht seine Sorge sein. Kommt Zeit, kommt Rat. So blass und dünn, wie sie aussieht, dürfte nach ihrer Entlassung erst einmal ein längerer Aufenthalt in einem Sanatorium angebracht sein und danach wird er weitersehen. Zunächst muss er die Chancen, die sich ihm bieten, nutzen. Und das wird er auch tun, auf jeden Fall.

Stefan ist abgespannt. Gerade hat er in der Severinstraße ein edles Fünfgang-Menü für zwei Personen abgeliefert und der Auftraggeberin noch einige Hinweise zum Warmhalten und Servieren gegeben. Sie erwarte einen besonderen Gast, hat sie gesagt, könne aber nicht kochen und wolle Eindruck schinden. Auch für solche Fälle bietet Stefan diskreten Service an. Alles wirkt durchaus homemade.

Es ist erst halb sechs, und Stefan will noch nicht nach Hause, sondern in Ruhe etwas essen, was er nicht selbst gekocht hat, und dazu einen schönen Wein trinken. In einer Seitenstraße entdeckt er den Eingang zu einem italienischen Restaurant. Nicht besonders groß, zwei Räume, an der Rückwand ein Pizzaofen und diese verführerische Duftmischung von Käse, Knoblauch, Tomaten, Basilikum, Pizzateig. Stefan findet einen Platz am Fenster, bestellt Bruschetta, eine Pizza Chef, dazu einen Roten aus Sizilien. Er isst in aller Ruhe und findet, dass es ihm gut geht. Während er überlegt, ob er sich zum Espresso besser eine Zabaione oder ein Tiramisu bestellen soll, hört er aus Richtung Küche lautes Schimpfen.

»Nein, das kannst du mir nicht antun, das ist unmöglich.« Sichtlich empört kommt der Wirt, das Telefon noch in der Hand, zu Stefans Tisch, um die Dessertbestellung entgegenzunehmen.

»Entschuldigen Sie bitte, dass ich etwas laut war«, sagt der Wirt, um Fassung bemüht, »aber es ist wirklich schlimm.«

»Ist etwas passiert?«, fragt Stefan mitfühlend.

»Mein zweiter Koch hat gerade mitgeteilt, dass er krank ist. Antonio am Pizzaofen kann das nicht mit übernehmen. Heute ist Freitag. Nachher kommen die ganzen Besucher aus dem Kino um die Ecke. Da wird es richtig voll hier. Die meisten wollen Pizza. Viele holen Pizzen zum Mitnehmen. Dann muss ich für das Übrige in die Küche. Meine Frau muss kommen, die Bedienung machen. Aber erst muss sie einen Babysitter besorgen. Na ja, sie soll den Kleinen mitbringen, der kann hinten im Büro schlafen. Es wird schon irgendwie gehen. Haben Sie gewählt? Was darf ich bringen?«

»Wenn ich Ihnen helfen kann, ich tue es gerne. Wissen Sie, ich bin Koch.«

»Koch, Sie? Für italienische Küche?«

Der Wirt blickt skeptisch.

»Ja. Ich kann eigentlich fast alles. Habe auf großen Kreuzfahrtschiffen gearbeitet, jahrelang ein eigenes Lokal für asiatische Küche gehabt.«

Jetzt strahlt der Wirt über das ganze Gesicht.

»Das ist fantastico, mein Freund. Wir werden es probieren. Kommen Sie, ich zeige Ihnen die Küche.«

Stefan trinkt den Wein aus und folgt dem Wirt nach hinten. Was er sieht, begeistert ihn. Das ist eine Küche, so wie er sie liebt. Übersichtlich, funktionell, alles blinkender Edelstahl, pieksauber. Die Zutaten griffbereit, an der Wand stark vergrößert die Speisekarte, daneben ein Bildschirm mit Tastatur. Der Wirt zeigt darauf.

»Die Rezepte sind durchnummeriert und können hier schnell abgerufen werden. Meine Erfindung.«

»Donnerwetter, das ist ja unglaublich.«

»Übrigens, ich bin Luigi.«

»Stefan.«

Sie schütteln sich die Hand. Aus dem Keller kommt ein junger Mann, Stefan schätzt ihn auf höchstens Anfang zwanzig, in der Hand einen Korb mit Tomaten, Salatköpfen, Gurken und Paprika.

»Das ist Francesco, ein Verwandter von mir. Er kommt aus Neapel. Erfahrung mit Kochen fehlt ihm. Er ist aber sehr anstellig und willig. Alles, was du ihm zeigst, macht er. Er ist erst ein halbes Jahr hier und spricht noch kein Deutsch.«

»Kein Problem, ich spreche ganz gut Italienisch. Buon giorno, Francesco, come sta?«

Im Gastraum geht die Tür, die ersten Takte von »O sole mio« erklingen.

»Gäste, ich muss nach vorne. Meinst du, es klappt?«

»Aber sicher.«

Vom Haken greift sich Stefan eine weiße gestärkte Kochjacke, setzt die Mütze auf, bindet die lange Schürze um und wäscht sich die Hände.

»Zweimal Antipasti, je einmal Saltimbocca, Lachsfilet, Chefsalat, Spaghetti carbonara und Gemüselasagne.«

Kleinkram, Stefan lächelt und macht sich an die Arbeit.

Ein Uhr in der Nacht. Die letzten Gäste sind vor einer halben Stunde gegangen. Die Küche ist aufgeräumt, das Restaurant geschlossen und Francesco schwingt sich gerade auf seinen Motorroller.

Luigi und Stefan trinken noch einen Grappa zusammen.

»Es ist mein bester«, sagt Luigi. »Ich bin begeistert, wenn du willst, kannst du sofort bei mir anfangen.«

Stefan winkt ab.

»Nicht dauernd, ich habe da noch andere Pläne. Aber wenn Not am Mann ist, kein Problem.«

43. Kapitel

In der nächsten Zeit kocht Stefan immer mal wieder für Luigi. So auch heute. Geschlossene Gesellschaft. Ein achtzigster Geburtstag. Das fünfgängige Menü hat Luigi mit der Tochter der Jubilarin zusammengestellt. Antipasti, Minestrone, gemischte Pasta, nach Wahl Involtini vom Kalb oder Lupo di mare, dazu Fenchel, Blattspinat, glasierte Karotten und gebackene Rosmarinkartoffeln. Für Stefan ist das kein Problem. Ihre Mutter liebe edle Desserts, hat die Tochter gesagt und als Nachtisch zum Espresso eine Torte bestellt. Aber es soll etwas ganz Besonderes sein. Eine Torte mit allen Extras. Kandierten Früchten, Marzipan, Nüssen, Schokolade, aber keine Buttercreme, schön dekoriert und am liebsten mehrstöckig. Ob er das könne, hat sie Luigi gefragt, sonst würde sie eine beim Konditor bestellen. *Natürlich kann ich das*, hat Luigi im Vertrauen auf Stefan geantwortet und dabei gedacht, dass er sonst auch selbst eine Torte im Café Reichard oder bei Eigel besorgen kann.

Aber das ist nicht nötig. In Erinnerung an die pompösen Machwerke auf dem Kreuzfahrtschiff hat Stefan zu Hause in mehreren Arbeitsgängen ein absolutes Meisterwerk fabriziert. Alle Vorgaben sind erfüllt. Der untere Teil der Torte besteht aus Nüssen und kandierten Früchten, gebettet in Marzipan, umgeben von einem Ring dunkler Schokolade. Das Oberteil bilden dünne Schichten einer luftigen Vanille-Zitronencreme zwischen hauchdünnen Krokantböden. Darauf dicht an dicht frische Himbeeren und das Ganze gekrönt von einem Strauß blassgelber Rosen aus Marzipan. Zum Schluss hat Stefan einige Rosenblätter mit einer Achtzig aus schwarzen Schokoladenziffern betupft. Wirklich, die Torte ist ihm besonders gut gelungen. Für seine Präsentationsmappe hat er noch ein Foto gemacht, und dann das Prachtstück in den Transportkarton gesetzt.

Nachdem Cappuccino und Espresso serviert sind, macht Luigi das Licht aus. Stefan trägt die von brennenden Wunderkerzen umrahmte Torte herein und setzt sie auf den Tisch. Die Gäste klatschen und stoßen bewundernde Rufe aus. Stefan verbeugt sich vor der alten Dame und überreicht ihr ein Gazesäckchen mit weißen gezuckerten Mandeln.

»Tanti auguri a Lei. Die Mandeln bringen Ihnen Glück und sorgen für ein langes Leben.«

»Ganz herzlichen Dank, das ist wirklich reizend von Ihnen.« Die alte Dame strahlt. Wache braune Augen schauen ihn an.

»Sind Sie Italiener?«, fragt sie.

»Oh nein«, Stefan lacht. »Eigentlich bin ich Deutscher, in Hamburg geboren, aber ich war überall auf der Welt, so dass ich gar nicht so recht weiß, was ich bin und wo ich hingehöre. Zur Zeit versuche ich hier Fuß zu fassen und wieder ein richtiger Deutscher zu werden.«

»Ich wünsche Ihnen alles Glück dazu.«

Stefan wendet sich um und geht zurück in die Küche.

44. Kapitel

Zwei Wochen später. Stefan hat keine Verpflichtungen. Luigi macht eine Woche Betriebsferien. Stefan nimmt sich vor, Köln intensiver zu erkunden, und durchstreift den ganzen Tag die Stadt. Erschöpft liegt er gerade im Sessel vor dem Fernseher, als sein Handy klingelt.

»Hallo«, sagt Stefan.

Eine weibliche Stimme.

»Spreche ich mit Stefan Simons, dem Koch?«

Stefan bejaht.

»Ich war neulich Gast bei dem achtzigsten Geburtstag, bei dem Sie die tolle Torte gemacht haben. Ich möchte auch so eine Torte, aber deutlich kleiner. Geht das?«

»Aber sicher. Was soll es sein? Sahne, Buttercreme, Obst, Mandel, Krokant, Schokolade oder Marzipan, vielleicht mit Baiser, was sich gut bei Obst macht, mit Rum, Nüssen oder Trüffeln, Biskuit-, Hefe- oder Rührteig, eher schlicht oder pompös, welches Deko, figürlich oder floral mit Rosen …«

»Halt, nicht so schnell, da werde ich ja ganz verwirrt.«

Stefan hört ein fröhliches Lachen.

»Kann ich Sie nicht aufsuchen oder irgendwo treffen, um die Einzelheiten zu besprechen?«

»Gerne. Ganz in der Nähe von Luigi ist ein kleiner Platz. Das Lokal heißt »Haus Müller«. Bei schönem Wetter kann man draußen unter den Bäumen sitzen.«

»Kenne ich.«

Sie verabreden sich für den übernächsten Tag, einen Samstag, um einundzwanzig Uhr. Stefan richtet an diesem Tag in der Marienburg ein kleines feines Champagnerfrühstück für zwölf Personen aus. Bis zum frühen Abend hofft er alles abgewickelt und aufgeräumt zu haben. Den restlichen freien Abend hat er sich dann mehr als verdient. Das zu erwartende Gespräch rechnet er nur entfernt als Arbeit. Die Details werden schnell besprochen sein und dann freut er sich auf ein, zwei freie und entspannte Abendstunden. Die Stimme klang sympathisch, sie kam ihm entfernt bekannt vor.

In der Marienburger Villa ist er eher als erwartet fertig. Die Gäste sind zufrieden und der Auftraggeber hat den sowieso schon hochpreisigen Rechnungsbetrag noch sehr großzügig aufgerundet.

Zu Hause duscht Stefan ausführlich und wäscht sich die Haare. Er macht sich eine Kanne Kaffee, einen Teller mit übrig gebliebenen Lachshäppchen und Hors d'œuvres, toastet ein Stück Baguette und setzt sich im Bademantel auf den Balkon. Auf dem Rhein ziehen Ausflugsschiffe vorbei, dazwischen flitzen Motorboote. Sogar einen Wasserskiläufer sieht er. Ein schönes Bild. Hier wird er bleiben, Wurzeln schlagen. Irgendwann, wenn der Verlust nicht mehr so schmerzt, wird es vielleicht eine neue Familie geben. Das Leben geht weiter. Dann steht er auf, reckt sich und zieht sich an. Hellblaue Jeans, blaues Poloshirt, Sneakers, um die Schultern einen dunkelblauen Kaschmirpullover. Er freut sich auf das Treffen. Blödsinn, warum eigentlich? Ist doch kein Rendezvous, schilt er sich. Bloß ein Kundengespräch, na und?

Es ist erst halb neun, als er am »Haus Müller« ankommt. Viel zu früh. Alle Tische sind belegt. War eine Schnapsidee, sich an einem Samstag an so einer beliebten Adresse zu treffen. Wie ein Fuchs seine Beute, so umschleicht Stefan den Platz. Mustert mit Argusaugen Menschen und Tische, registriert jede Bewegung. Da hinten wird jetzt gezahlt. Ein Sechsertisch, an den ein kleiner herangezogen ist. Stefan schlendert näher. »Macht voran, Leute«, ruft ein großer Blonder mit Pferdeschwanz, »wir müssen noch die Kinokarten abholen.«

Aha, denkt Stefan, die gehen ins Odeon. Er wartet, bis die Gruppe aufgebrochen ist, die Kellnerin abgeräumt und die Tische wieder auseinandergestellt hat. Dann stürzt er auf den kleineren Tisch zu und lässt sich auf den Stuhl fallen. Geschafft. Bei der herbeieilenden Bedienung bestellt er ein Viertel Riesling und ein

Schälchen mit Erdnüssen. Ab und zu nippt Stefan an seinem Glas und betrachtet die Gäste um sich herum. Seine Kundin kann noch nicht da sein. Es ist zu früh. An den Tischen sitzen meistens Paare und Gruppen, nirgends eine einzelne Frau. Einige Blätter und Prospekte seines Catering Service mit bunten Bildern von Salaten, gedeckten Tischen und Torten legt Stefan auffällig vor sich auf den Tisch. Das kann niemand, der genau hinschaut, übersehen. Schnellen Schrittes nähert sich eine junge Frau, hochgesteckte Haare, schwarzes Etuikleid mit feuerrotem Schal. Das ist sie wahrscheinlich. Er ist schon dabei sich zu erheben und will auf sie zugehen, als sie von einem benachbarten Tisch herangewinkt wird. »Hallo, Emily, endlich. Wir warten schon auf dich.«

Stefan beobachtet die Ankunft einer älteren Frau mit einem Dackel. Sie gesellt sich zu einem feisten Anzugträger an den Tisch. Zwei kichernde Teenager in knallroten Minishorts trotten auf Plateausohlen heran. Ihre Tops sind so tief ausgeschnitten, dass der tätowierte Brustansatz freigelegt ist. Sie gehören zu einem Tisch mit drei gelangweilten, schwarz gekleideten Jünglingen.

Zehn nach neun ist es, als er hinter sich eine Stimme hört: »Stefan Simons?«

Erschrocken dreht er sich um.

»Ja, bin ich, ich habe Sie gar nicht bemerkt. Guten Abend.«

»Elena Michels. Wir haben telefoniert.«

Sie streckt ihm die Hand hin. Eine kräftige Hand, die bestimmt zupacken kann, mit perlmuttfarben lackierten Fingernägeln. Mein Gott, dieselbe Farbe, die Ramina benutzt hat, schießt es ihm durch den Kopf. Aber wie anders war die Wirkung bei ihrer braunen Hand! Stefan verscheucht die aufkommende Wehmut und mustert sein Gegenüber. Was er sieht, gefällt ihm: knöchellanges weißes Leinenkleid, schlicht und kühl, dazu weiße Sandalen. Das Gesicht kommt ihm irgendwie bekannt vor.

»Haben wir uns schon einmal gesehen?«, fragt er.

Sie antwortet nicht und setzt sich.

»Auch einen Wein für Sie? Er schmeckt sehr gut.«

»Nein, danke, ich habe Durst. Lieber ein Hefeweizen mit einer Scheibe Zitrone.«

Stefan wartet, bis ihr Bier kommt. Sie nimmt einen großen Schluck.

»Lecker, so richtig erfrischend.«

Stefan schlägt seine Prospekte auf, nimmt den Schreibblock und beginnt zu fragen.

»Also, zunächst einmal ist wichtig, wie groß die Torte werden soll, für wie viele Personen und zu welchem Anlass.«

Routiniert spult er die einzelnen Punkte ab und merkt an ihren widersprüchlichen Antworten, dass sie überhaupt nicht bei der Sache ist. Plötzlich ist die Erinnerung da. Er meint zu wissen, wo er die Frau schon einmal getroffen hat. Am Tag nach seiner Ankunft in Köln hat sie ihm am Bahnhof erklärt, wie er nach Rodenkirchen kommt. Sie sind ein Stück zusammen Straßenbahn gefahren und sie hat ihm von der Stadt erzählt. Sie hat jetzt eine andere Frisur, einen Kurzhaarschnitt mit Ponyfransen, das hat sie etwas verändert. Aber Gesicht und Stimme sind ihm gleich bekannt vorgekommen. Sie hat ihn beeindruckt, und er hat sich geärgert, dass er nicht nach ihrer Handynummer gefragt hat. Ein warmes Gefühl steigt in ihm auf, und er bekommt auf einmal Herzklopfen.

»Jetzt weiß ich, wo wir uns schon einmal begegnet sind. Am Bahnhof und in der Linie 16. Sie wollen gar keine Torte, stimmt's?«

Sie errötet und sieht ihn mit lachenden Augen an. Stefan weiß gar nicht, wie ihm zumute wird.

»Bingo. Es war ein Vorwand. Ich wollte Sie wiedersehen. Bei der Geburtstagsfeier für die Mutter meiner Freundin in Luigis Ristorante war ich eingeladen. Ich habe Sie erst gar nicht erkannt. Dann habe ich noch versucht zu rufen, aber da waren Sie schon weg.«

»Schade, ich habe Sie leider nicht bemerkt.«

»Aber jetzt habe ich Sie doch noch aufgegabelt. Ich wollte eine Torte mit rosa Marzipanschweinchen bestellen. Einfach nur so.

Aber Sie haben mich verwirrt und sind mir schließlich auf die Schliche gekommen.«

»Na, da kann ich ja meine Prospekte einpacken«, sagt Stefan fröhlich.

Der Abend wird lang und richtig schön. Sie erzählen sich, wie sie bisher gelebt haben. Elena hat Tränen in den Augen, als sie von Stefan Einzelheiten über den Tsunami und den Verlust seiner Familie erfährt. Stefan wird beinah wütend, als er hört, dass Elena mit einem Mann verheiratet gewesen ist, der sie geschlagen und ausgenutzt hat.

»Nicht«, sagt Elena, »da bin ich längst drüber weg. Jetzt bin ich glücklich geschiedener Single.«

Es ist, als würden sie sich schon ewig kennen.

»Deine Tortenidee war Spitze«, sagt Stefan und schaut ihr tief in die Augen.

»Ich backe dir eine Elena-Torte, nur für dich. Verziert mit roten Rosen und blauen Vergissmeinnicht aus Marzipan.«

»Aber die musst du dann mit mir zusammen essen, Stück für Stück.«

»Gerne, wann immer und wo du willst. Vielleicht bei mir auf dem Balkon mit schönstem Rheinblick.«

Es ist bereits lange nach Mitternacht, als sie sich trennen.

45. Kapitel

Ist schon verdammt lästig, diese Fahrerei nach Ossendorf. Regelmäßig Staus auf der Stadtautobahn und über die Innere Kanalstraße geht meist gar nichts mehr. Wenn ich Pech habe, kostet mich das einschließlich des eintönigen Knastbesuches mindestens drei Stunden, denkt Stefan. Anmelden, Ausweiskontrolle, Personenkontrolle, die Fragerei *Haben Sie etwas mitgebracht? Bitte vorzeigen*. Aufschließen, zuschließen, langer Gang, es riecht nach Erbsensuppe und Reinigungsmitteln, aufschließen, zuschließen, das Rasseln der Schlüssel, die der Wärter mit sich herumschleppt.

Für heute hat Stefan den Pflichtbesuch abgewickelt. Es ist ihm kein Herzensbedürfnis, die Tante zu besuchen, wirklich nicht. Aber er hat es sich vorgenommen und zieht es durch. Schließlich hat er ihr viel zu verdanken. Nicht nur, dass er praktisch zum Nulltarif in ihrer Wohnung lebt. Sie hat ihm auch sein Erbe gesichert und den Erlös aus dem Verkauf des Hauses seiner Mutter bestens angelegt. Als Gegenleistung alle vier Wochen eine halbe Stunde Knastbesuch ist da nicht zu viel. Das verlangt sein Selbstwertgefühl. Obwohl – nie hätte er es sich träumen lassen, dass er einmal zum regelmäßigen Gefängnisbesucher wird. Heute hat ihm Tante Helga erzählt, dass sie einen Antrag auf vorzeitige Entlassung gestellt hat. Auf Bewährung. Das ist möglich, wenn zwei Drittel der Strafe verbüßt sind. Bei ihr also nach acht Jahren. Das wäre – Stefan rechnet nach – in gut anderthalb Jahren. Bis dahin muss er sich etwas überlegen. Eine eigene Wohnung suchen? Vielleicht wird der Antrag ja auch abgelehnt oder sie erlebt die Entlassung gar nicht mehr, so krank und schwach, wie sie heute aussah. Sie habe eine Lungenentzündung gehabt, sagte sie. Es sei gar nicht sicher gewesen, ob sie Besuch empfangen konnte. Viele vor allem ältere und geschwächte Menschen sterben an einer Lungenentzündung. Das ist nicht ungewöhnlich. Was Besseres gäbe es nicht, denkt Stefan. Das wäre die Lösung aller Probleme. Blödsinn, sich jetzt über

Tante Helga Gedanken zu machen. Es gibt Besseres. Er ist auf dem Weg zu Elena. Voller Erwartung und Vorfreude. Seit dem Abend im »Haus Müller« treffen sie sich immer häufiger. Wenn sie sich nicht sehen können, telefonieren sie und schreiben sich zahlreiche SMS. Stefan und Elena stellen fest, dass sie perfekt harmonieren, auch im Bett. Mehrmals hat Elena schon bei Stefan übernachtet. Sie ist begeistert von seiner Wohnung und liebt es, morgens mit ihm auf dem Balkon zu frühstücken.

Wochen, Monate gehen so dahin. Stefan ist glücklich. Er erwägt inzwischen ernsthaft, Elena zu heiraten. Sie hat ihm zu verstehen gegeben, dass sie nicht abgeneigt ist. Sie liebt ihn, möchte Kinder haben. Am einfachsten wäre es, sie gäbe ihr Einraumappartement in Köln-Nippes auf und würde bei Stefan einziehen. Die Wohnung ist für beide groß genug. Aber was ist mit Tante Helga? Stefan hat Elena erzählt, dass die Wohnung seiner Tante gehört. Die lebe derzeit in den USA im mittleren Westen bei einem reichen Viehzüchter und Farmer. So lange nicht endgültig geklärt ist, ob sie drüben bleibt oder zurückkommt, lebe er in dieser Wohnung sozusagen auf Widerruf. Hin und wieder erwäge die Tante, ihre Wohnung in Deutschland aufzulösen und sie auf Stefan, ihren einzigen Neffen und Erben, zu übertragen. Aber entschieden sei noch nichts. Stefan gibt vor, alle zwei Wochen mit der Tante zu telefonieren.

Stefan fühlt sich mehr und mehr in die Enge getrieben. Es ist inzwischen beschlossene Sache, dass er und Elena heiraten werden. Das macht ihn unendlich glücklich. Endlich hat sein Leben wieder einen Sinn. Allerdings rückt Tante Helgas Entlassungstermin immer näher. Er muss zu einem Entschluss kommen. Wenn er nicht mit Elena zusammen ist, wälzt er sich nachts schlaflos im Bett und grübelt. Warum ist die verdammte Tante nicht an ihrer Lungenentzündung gestorben, dann hätte er jetzt nicht diese Probleme. Er will die Wohnung nicht aufgeben, will mit Elena hier leben, morgens mit Blick auf den Rhein in der Sonne frühstücken. Wie viel wird er der Tante bieten müssen, damit sie verkauft?

Es ist Sonntag. Stefan hat heute keine Aufträge und den ganzen Tag frei, um mit Elena zusammen zu sein. Erst gehen sie in ihr Lieblingskino auf der Severinstraße, das Odeon. Dort läuft um siebzehn Uhr »Casablanca«, ein Film, den sie beide sehr mögen. Später am Abend liegen sie liebessatt in Stefans Bett. Elena streichelt über Stefans Brust und sagt nachdenklich: »Ob es das auch in Wirklichkeit gibt, oder nur im Kino?«

»Was meinst du?«

»Er liebt sie so sehr, dass er sie gehen lässt, mit einem anderen. Also, ich hätte das nicht getan.«

Nach einem Moment des Schweigens fährt sie fort.

»Wie wird das mit uns weitergehen? Deine Tante Helga muss sich doch mal entscheiden, wo sie bleiben will, sie kann dich doch nicht so lange hinhalten. Du willst doch etwas Eigenes haben, ein eigenständiges Leben führen. Nicht immer wie ein Untermieter oder ein möblierter Herr auf dem Sprung.«

»Bisher war das noch nie ein Problem. Erst seit ich dich kenne und … liebe.«

Stefan zieht Elena an sich und knabbert zärtlich an ihrem Ohrläppchen.

»Vielleicht sollte ich das nächste Mal mit ihr telefonieren, ihr die Situation schildern und sie nach ihren Plänen fragen, so von Frau zu Frau.«

Stefan sagt nichts.

»Meinst du, sie kommt zu unserer Hochzeit? Wir sollten sie jedenfalls einladen und ihr einen Brief mit Fotos von uns schicken. Schließlich ist sie deine einzige Verwandte.«

Stefan wird unruhig, er steht auf, geht in die Küche und holt aus dem Kühlschrank eine Flasche Wasser. Bei aller Liebe zu Elena, das Gespräch missfällt ihm sehr.

Tante Helga wird immer mehr zum Problem.

46. Kapitel

Morgen wird sie entlassen. Endlich. Auf Bewährung, nach Verbüßung von zwei Dritteln der Strafe. Ihrem Antrag war stattgegeben worden. Das Gespräch mit dem Psychologen, der ihre Entlassung befürworten musste, war leichter, als sie gedacht hatte. Auch ihre Anhörung verlief in entspannter Atmosphäre. Sie hatte – zum ersten Mal – das Urteil aufmerksam durchgelesen. Mit etwas Phantasie konnte sie die psychische Belastung und die Demütigung, denen sie durch das exzessive Liebesleben ihres »Ehemannes« ausgesetzt war, überzeugend darstellen. Trotzdem bereue sie die Tat zutiefst, versicherte sie. Es wäre besser gewesen, wenn sie ihren Mann einfach verlassen hätte. Hier wischte sie sich demonstrativ nicht vorhandene Tränen aus den Augen. Von der Anstaltsleitung wurde Bettina gute Führung attestiert und die Hilfe für ihre Mithäftlinge gelobt. Das zusammen ergab eine günstige Sozialprognose. Eine Wiederholungsgefahr war ohnehin ausgeschlossen.

Das letzte Abendessen in dieser Umgebung.

Unruhig wälzt sie sich auf dem harten Bett hin und her. Sie ist so an den Ablauf und die Routine des Gefängnisalltags gewöhnt, dass der Gedanke an Entlassung, Selbständigkeit und Freiheit sie zugleich erschreckt. Wie soll sie sich in die Welt draußen wieder einfinden? In eine Welt, die sich gewandelt hat, schneller geworden ist. Sie fühlt sich unsicher, hilflos, ohne den Kokon, der sie all die Jahre gefangen gehalten, umhüllt, aber auch geschützt hat. Sie hat doch niemanden. Ist sich selbst fremd geworden. In ihr altes Ich, Bettina Gruhl, kann sie nicht zurück. Die gibt es nicht mehr, die ist tot, begraben. Das neue Ich, Helga Kleinert, hat sich so gut angefühlt. War gewachsen wie eine zweite Haut. Aber dann abgerissen, abgetötet durch den Prozess und den Gefängnisaufenthalt.

Immerhin gibt es Stefan. Kann der sie stützen und ihr Halt geben? Jedenfalls die erste Zeit, bis der Übergang geschafft und die

Eingewöhnungsphase abgeschlossen ist. Versprochen hat er es ihr. Im Gegenzug wird sie die liebevolle verständnisvolle Tante spielen. Nein, nicht spielen, sein. Sie nimmt es sich fest vor. Ganz fest.

Bereit, dem morgigen Tag zu begegnen, schläft sie schließlich ein.

Quietschend öffnet sich die unscheinbare Tür neben dem bedrohlichen Stahltor. Mit zögerlichen Schritten tritt Bettina hinaus, hinaus in die Freiheit. Frei, sie ist wieder frei. Tief atmet sie durch. Jenseits der Mauern schmeckt die Luft ganz anders als im Innenhof beim Rundgang. Sie ist frisch, prickelt wie Champagner. Endlich, endlich ist sie frei. Acht Jahre hat sie hinter Gefängnismauern zugebracht. Unschuldig verurteilt. Ein Justizirrtum. Aber sie konnte, durfte es niemandem sagen. Sie musste schweigen. Doch jetzt ist es vorbei, endgültig und für immer. Die Einschränkung, auf Bewährung entlassen zu sein, stört sie nicht. Sie hört noch die mahnenden Worte des Beamten bei der Verabschiedung.

»Ich wünsche Ihnen alles Gute und will Sie hier nie wieder sehen.«

Aber das ist kein Thema für sie. Sie wird einen Bewährungshelfer erhalten und sich brav in regelmäßigen Abständen melden. Nie mehr wird sie sich etwas zuschulden kommen lassen. Das ist sicher. Braucht sie auch gar nicht. Schließlich hatte sie ja auch nichts getan, jedenfalls nicht im Sinne der Anklage. Heute beginnt für sie ein neues Leben, ihr zweites. Nein, wenn sie es recht überlegt, es ist ihr drittes Leben.

Unbändige Freude müsste sie erfüllen. Aber dennoch, sie spürt ein leises Unbehagen, ist ein bisschen ängstlich. Obwohl sie schon seit einiger Zeit im offenen Vollzug war. Erst in Begleitung, dann allein, hat sie Einkäufe getätigt, kleinere Gänge in die Stadt unternommen. Aber da ist sie abends immer in ihre vertraute Zelle zurückgekehrt. Sie hat sich nie weit vom Gefängnis entfernt, ist lieber in Ossendorf geblieben. Niemals wäre sie auf die Idee gekommen, einmal nach Rodenkirchen zu fahren, hat nie den Wunsch dazu verspürt. Natürlich hatten die Beamten der Justizvollzugsanstalt sie immer mal wieder gefragt, ob sie nicht nach Rodenkirchen fahren wolle. Zur Vorbereitung für die Entlassung. Sie hat immer Ausreden gefunden und abgelehnt. Einmal muss sie dringend in Ossendorf etwas besorgen, ein anderes Mal ist es ihr zu heiß und zu strapaziös. Schließlich gibt sie zu, dass sie Angst davor hat und es sie zu sehr belastet. Und warum? Das weiß sie nicht. Es ist so ein Gefühl. Eigentlich komisch. Wie es wohl weiter geht? Was wird der Alltag bringen? Hier war alles geregelt, sie brauchte sich um nichts zu kümmern. Wird es ihr gelingen, an ihr altes Leben anzuknüpfen? Welches Leben eigentlich? Das einer verurteilten Mörderin? Vielleicht sollte sie fortziehen, irgendwohin, wo niemand sie kennt.

Schwer fällt die Tür hinter ihr ins Schloss. Bettina blinzelt in die Morgensonne, geht einige Schritte, schaut nach rechts, nach links. Ein Kind kommt auf dem Fahrrad an ihr vorbei gefahren. Es dreht sich um und streckt ihr die Zunge heraus. Unschlüssig bleibt Bettina stehen. Stefan wollte sie doch abholen. Wo er bloß bleibt? Schmal ist sie geworden. Der ehemals elegante Kaschmirmantel schlackert um ihre Schultern. Für den Junimorgen ist der Mantel viel zu warm. Aber vor acht Jahren, als sich die Tore hinter ihr geschlossen haben, da war es kalt. Sie weiß es noch wie heute. Es war ein nasser Apriltag. Tief und dunkel hingen die Regenwolken am Himmel. Stürmischer Wind fegte durch die Straßen. Damals hatte sie das Gefühl, ihr Leben sei nun zu Ende. Aber das Leben ging weiter, Monat für Monat, Jahr um Jahr. Sie hatte keinen Einfluss darauf. Entscheidend ist, sie hat überlebt. Die Zeit im Gefängnis ist jetzt Vergangenheit.

Bettina zieht den Mantel aus und legt ihn über den Arm. In der rechten Hand hält sie ihre Reisetasche. Sie dreht sich um. Die Gebäude, die lange Mauer, die Straße, alles sieht fremd aus. Wie eine andere Welt. Soll sie zurückgehen und bitten, dass man ihr ein Taxi ruft? Aber nein, das wäre irgendwie unpassend. Vielleicht kommt eins vorbei. Bettina wendet sich nach rechts, Richtung Stadt. Dort ist eine Bushaltestelle. Sie ist noch keine zwei, drei Minuten gegangen, als ihr in rascher Fahrt ein silberfarbenes Auto entgegenkommt, wendet und neben ihr hält. Stefan steigt aus.

»Guten Tag, Tante Helga. Es tut mir schrecklich leid, dass ich nicht pünktlich sein konnte, aber in der Stadt war alles knüppelvoll. Berufsverkehr. Immer diese verdammten Staus. Typisch Köln. Komm, steig ein.«

»Ist schon gut, Hauptsache, du bist jetzt da. Ich bin mir so unbeholfen und verloren vorgekommen.«

Stefan nimmt ihr Mantel und Tasche aus der Hand, verstaut beides im Kofferraum und öffnet die Beifahrertür. Erleichtert lässt sie sich ins Polster sinken. Er greift über sie hinweg und schnallt sie an. Bettina betrachtet sein Gesicht. So nah ist er ihr noch nie gekommen. Fast meint sie, ihn zum ersten Mal zu sehen. Wenn er sie im Gefängnis besucht hat, gab es immer etwas zu besprechen. Meistens ging es um die Wohnung, was zu erledigen war und was er für sie besorgen sollte. Sein Gesichtsausdruck ist hart, er wirkt verschlossen, das ist ihr früher nie so aufgefallen. Es passt nicht zu seinen betont freundlichen Worten.

Während der Fahrt in die Stadt betrachtet sie neugierig die Gegend. Die Straßen erscheinen ihr breiter, der Autoverkehr dichter als früher. Ein ganzes Stück weit vor sich erkennt sie die Spitzen des Kölner Domes.

»Bitte, Stefan, können wir nicht am Rhein entlang nach Rodenkirchen fahren? Ich möchte so gerne den Dom und den Rhein wiedersehen.«

»Aber sicher, Tante Helga, ganz wie du willst.«

Da ist er wieder, dieser glatte verbindliche Tonfall. Sie sieht ihn von der Seite an. Seine Miene ist unbewegt, eine steinerne Maske.

Stefan fährt die A 57 bis zum Ende durch und biegt auf die Innere Kanalstraße ein. Vorbei am Eis- und Schwimmstadion gelangen sie auf die Rheinuferstraße.

»So, Tante Helga, jetzt hast du das ganze Panorama vor dir. Es begeistert mich auch jedes Mal von neuem.«

Bettina schaut und staunt, kann sich nicht satt sehen. Der Rheinauhafen mit den Kranhäusern überwältigt sie.

»Ist das schön hier. Da würde ich auch gerne wohnen.«

»Was meinst du, wie teuer das ist. Das dürfte deine Mittel bei weitem übersteigen.«

Mehrmals bittet sie Stefan, nicht so schnell zu fahren, damit sie sich alles besser ansehen kann.

»Aber Tante Helga, wir können doch den Verkehr nicht aufhalten. Du hast später genügend Zeit, jedes einzelne Gebäude ausführlich zu begrüßen.«

Die Rodenkirchener Hauptstraße ist immer noch die alte. Nicht breit genug für den Autoverkehr und die vielen Menschen. Sie kommen nur langsam voran. Bettina findet, dass die Geschäfte schicker, die Auslagen moderner geworden sind. Aber das kann auch daran liegen, dass sie so lange nichts davon gesehen hat. Beim Einbiegen in die Grüngürtelstraße beginnt ihr Herz heftig zu klopfen. Gleich ist sie zu Hause, zurück in ihrem wundervollen Zuhause. Sie sieht das Wohnzimmer vor sich, hell, sonnig, die weiße Ledercouch mit den Sesseln, ihr flauschiger Teppich, der Blick auf den Rhein. Die Erinnerung daran hat sie in der grauen Gefängniszelle gehütet und immer wieder beschworen. Sich vorgestellt, wie es sein würde, wieder zu Hause, endlich wieder zu Hause zu sein.

47. Kapitel

Stefan parkt am Straßenrand. »Ich bringe dich rauf, wir trinken zusammen Kaffee. Gegen Mittag muss ich ins Restaurant. Den Abend habe ich mir für dich frei gehalten.«

Der Hausflur ist leer, auch im Aufzug treffen sie niemanden. Bettina ist das sehr recht. Dann stehen sie vor der Wohnungstür. Wo sonst das Messingschild *Helga Kleinert* hing, klebt eine Visitenkarte: *Stefan Simons, Koch- und Partyservice.*

Sie zeigt darauf und sieht ihn fragend an.

»Dein Schild habe ich abgemacht und beiseite gelegt. Es hätte nur zu Verwirrung geführt. Morgen schraube ich es wieder an. Unten am Briefkasten stehen unsere beiden Namen.«

Stefan schließt die Tür auf und öffnet sie weit.

»Willkommen zu Hause.«

Bettina geht an ihm vorbei hinein, stutzt, schluckt, der Anblick lässt sie verstummen, sie ist geschockt. Der Unterschied zwischen ihrer Erinnerung und dem gegenwärtigen Zustand könnte nicht krasser sein.

Der Flur, vollgestellt mit allen möglichen Sachen. Töpfe, Körbe, Schuhe. An der Garderobe ein Anorak, auf Drahtbügeln mehrere Hemden in durchsichtiger Folie, aufgedruckt »Hemdenservice Schneider«. Bettina kennt die Reinigung, die gibt es also noch. Eine halb geöffnete Sporttasche mit Turnschuhen. Ein T-Shirt und ein schmutziges Handtuch hängen heraus. Hinter Stefan geht sie ins Wohnzimmer. Zur Salzsäule erstarrt verharrt sie auf der Schwelle. Ihre Wohnung, ihre geschmackvolle, gepflegte Wohnung, was ist bloß daraus geworden? Ein Saustall! Es sieht schrecklich aus. Kraftlos lässt sie sich in einen Sessel fallen und schaut sich ungläubig um.

»Nun schau nicht so entsetzt, Tante Helga. Sicher sieht das für dich grässlich aus. Aber deine Sachen sind vollständig da, nichts ist weggekommen, jedes Stück ist gut verpackt und wartet auf dich.

Ich habe es einfach nicht geschafft, alles für dich so herzurichten, wie es gewesen ist. Ich habe mir in Klettenberg eine Wohnung gemietet. Aber die wird noch gestrichen. Die Handwerker sind nicht fertig geworden, obwohl sie es versprochen haben. Morgen, spätestens übermorgen ist es soweit. Dann räume ich hier meine Sachen raus und deine Wohnung wird renoviert. Es ist bereits alles vorbereitet, und …«

Bettina nickt geistesabwesend und betrachtet, fasziniert von so viel Hässlichkeit, einen fetten grinsenden Buddha aus Porzellan, der auf dem Glastisch neben dem Fernseher thront. Der Koloss dürfte fast einen Meter hoch sein. Rechts und links neben ihm sitzen zwei Glückskatzen mit erhobener Pfote. Sie sind aus schreiend bunt bemaltem Porzellan. Das Stillleben wird gekrönt von einem asiatischen Sonnenschirm aus rosa Seide.

»… hätte ich auch vorher machen können. Aber ich finde es besser, die Einzelheiten mit dir zu besprechen. Vielleicht möchtest du eine andere Tapete oder die Wände nur verputzt in einem ganz hellen Orange, wie es jetzt modern ist? Jetzt koche ich erst einmal Kaffee.«

Bettina schweigt noch immer. Abscheu und Entsetzen erfüllen sie. Fast bereut sie es nun, Stefan die Wohnung überlassen zu haben. Aber was hätte sie machen sollen? Sie spielt die Rolle seiner Tante, er ist der Sohn von Helga Kleinerts Schwester. Da konnte sie nicht anders handeln. Wortlos blickt sie von einer Wand zur anderen. Ihre Grünpflanzen, die Orchideen, nichts davon ist mehr da. Stapel von Zeitschriften und Zeitungen, etliche leere Flaschen, ein Pullover, Socken, alles liegt rum. Ein Damenpullover, rosa Flip Flops. An den Wänden nicht die von ihr sorgsam ausgewählte moderne Kunst, sondern asiatische Tempelszenen. Tänzerinnen und Tänzer in erotischen Posen. Aber wahrscheinlich hat Stefan recht. Wenn sie es kühl und vernünftig überdenkt, ist es ihr schon lieber, selbst zu entscheiden, wie alles aussehen soll. Pastellfarbener Putz ist vielleicht gar keine schlechte Idee. Sie seufzt. Acht Jahre Abwesenheit sind eine lange Zeit.

Stefan kommt aus der Küche, in der Hand ein Tablett mit zwei großen Bechern, einem Käsekuchen und einer vollen Schale Erdbeeren.

Er reicht ihr einen Cappuccino, verziert mit einem Herz aus Kakaopulver, und dazu einen Teller mit einem Stück Käsekuchen. Bettina hat Hunger. Sie nimmt den Löffel (wo sind eigentlich ihre Kuchengabeln?) und probiert ein großes Stück.

»Der schmeckt ja phantastisch.«

»Ganz frisch. Habe ihn sehr früh heute morgen extra für dich gebacken. Vergiss nicht, ich bin Koch, und zwar ein guter. Das hättest du nicht gedacht, was?«

Er lächelt sie an, aber nur mit dem Mund, seine Augen blicken kalt. Ein bisschen ist er ihr unheimlich. Bettina schilt sich selbst. Das ist ungerecht, der arme Mann, was der alles durchgemacht hat. Familie, Heimat, Existenz auf so grausame Weise verloren. Als er ihr bei seinem ersten Besuch davon erzählte, hatte er Tränen in den Augen. Bettina nimmt noch ein Stück Käsekuchen. Stefan holt ihr aus der Küche einen zweiten Cappuccino.

»Dein Kuchen ist unglaublich gut, auch der Kaffee. Aber wie es hier aussieht, das finde ich wirklich schlimm.«

»Sei nicht schockiert, Tante Helga. Sicher ist einiges anders. Aber vergiss nicht, ich wohne jetzt seit ungefähr sechs Jahren in deiner Wohnung, wofür ich dir unendlich dankbar bin.«

»Na ja, das ist schon eine lange Zeit. Aber hättest du nicht etwas aufräumen und die Wohnung für mich herrichten können? Du wusstest doch, dass ich heute komme.« Bettina geht empört auf und ab.

»Ich werde alles wieder in Ordnung bringen. Versprochen. Knapp vier Tage wird es dauern, länger nicht. Den Anstreicher habe ich schon beauftragt. Morgen räume ich mit einem Kumpel meine Sachen aus. Während der Renovierung wohnst du im Hotel Maternus. Du kennst es sicher noch. Ich habe ein Zimmer mit Rheinblick für dich reserviert und auch schon bezahlt. Das ist nicht so weit weg. Du kannst jeden Tag vorbeikommen und sehen, wie die Arbeiten vorangehen und deine Wohnung in neuem Glanz erstrahlt. Na, was sagst du dazu?«

Bettinas Zorn und ihre Enttäuschung beginnen sich allmählich zu legen. Er hat recht. Sie darf nicht vergessen, wie lange sie fort war. Inzwischen hat er hier sein eigenes Leben eingerichtet, das muss Spuren hinterlassen. Stefan ist doch ein guter Junge. Wie schön, dass sie unverhofft einen so umsichtigen Neffen bekommen hat.

»Das ist wirklich eine gute Lösung. Aber du brauchst das Hotel nicht für mich zu bezahlen.«

»Nein, nein, lass nur. Im Restaurant läuft es gut. Wirklich, es ist mir ein Bedürfnis und das Mindeste, was ich tun kann. Schließlich habe ich die ganze Zeit hier kostenlos gewohnt und nur die Nebenkosten gezahlt.«

Stefan trinkt seinen Kaffee aus und erhebt sich.

»Wenn ich heute Abend zurück bin, werde ich etwas ganz Besonderes für dich kochen. Du wirst staunen. In der Nacht bist du ungestört. Ich schlafe heute bei einem Kumpel. Nimm dir, was du brauchst. Zahnpasta, Seife. Es ist alles da. Das Bett beziehe ich neu, wenn ich komme. Das wird mir jetzt zu knapp. Du kannst ja schon mal überlegen, was du von deinen alten Sachen ins Hotel mitnehmen willst. Ich fahre dich dann morgen am frühen Nachmittag hin. Das Zimmer ist ab vierzehn Uhr für dich bereit.«

48. Kapitel

Die Tür fällt ins Schloss, Stefan ist weg. Bettina bleibt noch eine Weile unschlüssig sitzen. Mit dem Finger pickt sie die letzten Kuchenkrümel von Teller, nimmt noch einen Löffel Erdbeeren. Gerade mal drei Stunden ist es her, da war sie voller Vorfreude und Erwartung, wieder nach Hause zu kommen. Und jetzt? Alles weg? Sei nicht ungerecht, sagt sie sich, das ist die Übergangszeit. Sie rafft sich auf, bringt das Geschirr in die Küche und räumt es in die Spülmaschine. Die ist immer noch die alte. Kurz nach Beginn ihres neuen Lebens als Helga Kleinert hatte deren Spülmaschine ihren Geist aufgegeben. Eine neue musste damals her. Von Miele. Hält ewig, hatte der Verkäufer damals gesagt und offenbar Recht gehabt. An der Stelle ihres übersichtlichen Herdes steht nun ein hohes chromblitzendes Teil, viel Glas und ein ganzes Armaturenbrett mit Tasten und Knöpfen. Sie zählt vier verschiedene Einschubbereiche. Bei einer Kochschau im Fernsehen hat sie einmal Ähnliches gesehen. Viel zu kompliziert, sie könnte damit nicht einmal Wasser kochen. Bestimmt ein sündhaft teures Profigerät, das er in die neue Wohnung mitnimmt. Sie muss sich einen anderen Herd besorgen, aber er muss einfach zu bedienen sein. Sicher kann Stefan ihr dabei helfen. Der Küche ist anzusehen, dass hier viel gekocht wird. Fensterbank und fast die ganze Arbeitsplatte sind vollgestellt. Gewürze in kleinen und großen Gläsern, Flaschen mit Soßen von rot, orange, gelb bis dunkelgrün, Tuben mit chinesischen Aufschriften, Packungen mit verschiedenen Reissorten und Nudeln. Daneben stapeln sich Einwegbehälter. Bettina öffnet die nächste Tür. Das Schlafzimmer ist weitgehend unverändert, wenn sie davon absieht, dass die weiße Schrankwand mit den Spiegeln dringend der Reinigung bedarf. Die Schränke müssen abgewaschen, die Spiegel poliert werden. Sie könnte sich aber auch ein neues Schlafzimmer leisten. Vor allem mit neuem Bett und neuer Matratze. Denn wenn sie sich vorstellt, dass Stefan all die Jahre hier in diesem Bett und mit wer weiß wem gelegen hat, schaudert es sie. Sie wird sich darin niemals mehr wohl fühlen. Dann ist es besser, alles zu erneuern. Auf dem Nachttisch steht ein silbergerahmtes Foto. Sie nimmt es in die Hand. Ein ganz anderer Stefan schaut sie an. Fröhlich lachend hält er ein kleines Mädchen auf dem Arm. Neben ihm steht eine zarte Frau mit goldfarbener Haut, gekleidet in einen grünen Kaftan. Oder heißt es Sarong, Sari? Egal, jedenfalls ein langes schmales Gewand. Das sind Ramina und Aimée, seine Familie. An der Wand hängt ein Porträtfoto dieser Frau. Sie ist wunderschön, findet Bettina. Langes schwarzes Haar, in der Mitte gescheitelt, hinter dem Ohr eine purpurrote Orchidee. Stefan hat von seiner Frau und seiner Tochter erzählt. Ein grausames Schicksal. Der arme Mann. Bettina reißt sich von dem Anblick los und sieht sich weiter um. Das Bett ist zerwühlt, auf dem Stuhl daneben liegt ein Damennachthemd. Rosa Pantoffeln schauen darunter hervor. Bevor Bettina in diesem Bett auch nur eine einzige Nacht schläft, wird sie gründlich lüften. Sie öffnet Fensterflügel und Balkontür, so weit es geht. Richtiger Durchzug ist hier nötig. Sie zieht die Bettwäsche ab, schüttelt die Kissen aus. Auf der Suche nach sauberer Bettwäsche macht sie die Schranktüren auf, eine nach der anderen. Im Eckschrank findet sie Handtücher, Stapel von Bettwäsche, Tischtücher und Servietten, genau so, wie von ihr zurückgelassen. Neugierig geworden schaut sie in die anderen Schränke. Viel Garderobe hat Stefan offenbar nicht. Er scheint in modischer Hinsicht ziemlich bedürfnislos zu sein. Zwei Anzüge, der eine dunkelblau, der andere kakifarben, drei Hosen, ein dunkelblauer Blazer mit Clubabzeichen, Jeans und T-Shirts, ein grobgestrickter weißer Wollpullover. Der mittlere Schrank ist vollgestopft, eng an eng hängen dort ihre, Bettinas, Kleider und Mäntel. Da wird sie nachher probieren, was sich davon noch anziehen lässt. Merkwürdig, nirgends findet sie Hinweise auf einen bevorstehenden Umzug. Stefan müsste doch schon einiges sortiert und Kartons gepackt haben? Vielleicht im kleinen Zimmer nebenan? Sie holt sich ein Glas Mineralwasser aus der Küche und geht hinüber. Sie hatte recht. Dort stehen Umzugkartons, in drei Reihen übereinander gestapelt. Sie schaut hinein. Der erste enthält ihre eigene Unterwäsche und Nachthemden, der zweite ihre Schuhe, der nächste Bücher, soweit sie sieht, alles ihre Sachen. Was hat Stefan gesagt? Nichts ist weggekommen, alles sorgfältig verpackt. Das stimmt, da muss sie ihm recht geben. Sogar Mottenschutz hat er hineingetan, sie riecht es.

Bettina hockt sich auf den Boden und kramt herum. Strümpfe, Papiere, Schmuck. Sie probiert einige Ringe. Der Brillantring rutscht, er ist zu weit geworden. Aber er passt auf den Mittelfinger. Eine Kassette mit Münzen aus verschiedenen Ländern. Ganz unten findet sie eine rechteckige Blechdose, schwarz-golden mit blauroten Papageien. »Stollwerk Knuspergold« steht darauf. Sie nimmt die Dose in die Hand, öffnet sie. Bunte Perlenketten, Modeschmuck. Sie schließt den Deckel. Stollwerk Knuspergold waren ihre Lieblingspralinen. Es gibt sie nicht mehr, schon lange nicht mehr. Pierre hatte sie gekauft. Bettina lag mit ihm bäuchlings auf den Poller Wiesen im Zelt. Der Eingang war offen, sie hatten die Köpfe hinausgestreckt, um die Abendsonne zu genießen. Sie schauten auf die andere Rheinseite mit dem Panorama der Kölner Altstadt, überragt vom Dom. Abwechselnd fütterten sie sich mit den Pralinen, Stück um Stück, bis sie alle waren. Bettina glaubt noch den Geschmack der Schokolade auf der Zunge zu spüren, wie sie langsam im Mund zergeht, hört das Knacken des Krokants. Die Dose hat sie die ganzen Jahre aufbewahrt, gehütet als Erinnerung an den glücklichsten Sommer ihres Lebens. Die Stollwerkdose.

Die Erkenntnis trifft sie wie ein Faustschlag im Magen. Die Dose war eines der wenigen Dinge, die sie aus der gegenüberliegenden Wohnung mitgenommen hat, am Morgen nach dem Abendessen mit Helga Kleinert, nachdem sie … Nein, sie will nicht daran denken, die in ihr aufsteigenden Bilder nicht sehen. Es ist alles verdrängt, vorbei, abgegolten. Sie ist jetzt frei und unbelastet.

Bettina richtet sich auf, geht durch den Flur ins Wohnzimmer, schaut in die Küche, geht zurück. Sie macht die Balkontür auf und setzt sich in den ehemals weißen, jetzt verwitterten Korbsessel. Gedankenverloren blickt sie auf den Rhein. Das Wasser glitzert in der Sonne. Lastkähne pflügen flussaufwärts ihre Bahn, Ausflugsdampfer der weißen Flotte, dahinter das unverkennbare Panorama, das sie so liebt. Sie hat gemordet, um hier zu leben, diesen Blick zu genießen, die Wohnung zu behalten. Und jetzt? Jetzt wohnt ein anderer darin, hat davon Besitz ergriffen, Möbel nach seinen Bedürfnissen umgestellt. Aber bald, bald wird es wieder sein wie früher. Sogar noch schöner mit dem von Stefan vorgeschlagenen getönten Putz und neuen Schlafzimmermöbeln. Die Couchgarnitur könnte sie auch ersetzen. Die beiden Sessel gibt sie Stefan. Siebzig Quadratmeter hat seine neue Wohnung, hat er gesagt, da passen sie gut hinein. Überhaupt Stefan, ein guter Junge. Sie ist froh, dass es ihn gibt. Unverhofft ist sie zu einer Familie gekommen. Noch schöner wäre es, wenn Ramina und Aimée dabei wären. Doch das ist irreal, dann wäre Stefan nicht hier und sie hätte nie von ihm erfahren. Eigentlich ist das schreckliche Unglück, das ihn getroffen hat, für sie ein Glücksfall gewesen, so gefühllos sich das auch anhört. Stefan ist noch jung, er sieht gut aus. Früher oder später wird er eine Frau treffen und mit ihr eine neue Familie gründen. Bettina gefällt der Gedanke, eine Großnichte oder einen Großneffen – vielleicht auch mehrere – zu haben. Für die wäre sie Tante Helga, die Schwester ihrer verstorbenen Oma. Bettina nimmt sich vor, seine Kinder gern zu haben und zu verwöhnen. Vielleicht gibt es ja schon eine Frau? Das Nachthemd, die Pantoffeln, fremde Kleider im Schrank, im Badezimmer eine zweite Zahnbürste und weibliche Kosmetika sprechen dafür. Sie wird ihn heute Abend danach fragen. Bettina schaut in andere Kartons. Ist schon merkwürdig, dass Stefan noch nichts gepackt hat. Dabei kann er doch organisieren, das beweist sein Restaurant, von dem er ihr so viel erzählt hat. Auch für sie hat er alles umsichtig vorbereitet. Aber die jungen Leute sind heute so. Schlampig und ohne Planung. Nicht aufregen, cool bleiben, das ist die Devise. Er wird seine Sachen so, wie sie stehen und liegen, ins Auto werfen und nach Klettenberg bringen. Da bedarf es keiner großen Vorbereitung oder sorgfältigen Verpackung. Bettina wird aktiv. Sie packt drei leichte Sommerkleider, zwei Hosen mit passenden Blusen, einen Pullover und Unterwäsche zusammen. Das wird fürs Erste reichen. Schließlich hat sie vor, sich möglichst bald neu einzukleiden. Bei der Herfahrt hat sie in Rodenkirchen genügend Modegeschäfte gesehen. Auf der Hauptstraße oder im Sommershof findet sie bestimmt etwas. Während sie im Schlafzimmer das Bett neu bezieht, merkt sie, dass ihr die Lösung mit dem Hotel mehr und mehr gefällt. Sie hat alles, ist versorgt und kann die Arbeiten in ihrer Wohnung beobachten und kontrollieren. Sie überlegt, was als nächstes zu tun ist. Bei der Sparkasse Geld holen, Schuhe kaufen. Bequem müssen die sein. Da wird sie in die Barbarastraße gehen, dort hat sie früher bei Hautzer meistens etwas Passendes gefunden. Und dann wird sie in die Stadt fahren und Möbel aussuchen. Ob es Pesch noch gibt? Sie wird Stefan fragen. Bettina ist jetzt voller Vorfreude. Sie duscht ausführlich, macht es sich im Sessel bequem und schaltet den Fernseher ein.

49. Kapitel

Sie schreckt auf, hört, wie sich der Schlüssel im Schloss dreht und die Flurtür geöffnet wird. Da ist sie tatsächlich eingenickt. Stefan kommt herein.

»Hallo, Tante Helga, da bin ich wieder. In einer halben Stunde können wir essen. Du bist sicher hungrig.«

Pfeifend geht er in die Küche und beginnt, den Einkaufskorb, den er mitgebracht hat, auszupacken. Bald durchziehen exotische Gerüche die Wohnung. Blumiges mischt sich mit Strengem, es riecht nach Meer, nach Kokos. Bettina hört zischendes Fett und das Klirren von Eiswürfeln. Stefan bringt ihr ein Glas mit einer bunten perlenden Mischung.

»Hier, *Alle meine Träume* als Apéritif. Habe den Cocktail selbst erfunden.«

Bettina nippt. Es prickelt wie Sekt, schmeckt frisch, süß und herb zugleich. Während Stefan in der Küche hantiert, beginnt sie den Tisch zu decken. Ihr Hutschenreuther Essservice ist an einigen Stellen angestoßen, Gebrauchsspuren, sonst aber wohl noch komplett. Aber sie hat beschlossen, sich nicht zu ärgern und keine Vorwürfe zu machen. Das wäre bei der langen Zeit ihrer Abwesenheit ungerecht. Schließlich kann alles ersetzt werden. Stefan kommt und nimmt ihr die Teller aus der Hand.

»Lass mich das machen, Tante Helga. Entspann dich.« Während sie zusieht, wie er alles geschickt anordnet und geschmackvoll drapiert, sagt sie:

»Was ist mit deiner Freundin? Du hast doch eine, die offensichtlich auch des öfteren hier bei dir ist. Kommt sie auch?«

»Du wirst Elena noch kennenlernen. Sie ist gestern zu ihren Eltern nach Würzburg gefahren und organisiert deren Umzug in ein Seniorenheim. Sie muss danach noch die Wohnung auflösen, so dass ich sie erst in zehn, zwölf Tagen zurück erwarte. Heute an deinem ersten Abend bin ich außerdem froh, mit dir allein zu sein. Elena weiß nicht, dass du gesessen hast. Ich habe ihr gesagt, du hättest längere Zeit im Ausland gelebt. Wir müssen uns genau überlegen, was wir ihr erzählen.«

»Da wird uns schon etwas einfallen. Und, wie ist sie, deine Elena, ist es ernst?«

»Elena ist eine phantastische Frau. Du wirst sie gleich nach ihrer Rückkehr kennenlernen und sie mögen. Da bin ich ganz sicher. Wir beabsichtigen, Weihnachten zu heiraten. Du bist natürlich eingeladen.«

»Wie schön, ich freue mich. Deshalb also die siebzig Quadratmeter. Das dürfte für zwei Personen reichen.«

Das Essen ist für Bettina wie die Reise in eine fremde Welt. Gedämpftes Licht, Kerzenschein. Räucherstäbchen verbreiten den Duft von Sandelholz, Kampfer und Rosen. Gesänge buddhistischer Mönche schweben im Raum. Stefan tischt ein Schälchen nach dem anderen auf. Geröstete Langusten mit Kokosmantel, in Honig gebackene Früchte, Fisch in Granatapfelsauce, Fleischstückchen mit gehackten Mandeln, Reisbällchen, zwischendurch immer wieder Gläschen mit warmem Pflaumenwein. Nach dem jahrelangen Genuss von Gefängnismahlzeiten wird Bettina von der Vielfalt fast schwindlig.

»Und nun die Krönung, das Dessert.«

Stefan stellt einen mit einer Orchideenblüte geschmückten Kristallkelch vor sie hin. Darauf tanzt eine blaue Flamme auf und ab. Bettina taucht den Löffel in eine Creme mit karamellisierter Oberfläche.

»Was ist das?«

»Etwas ganz Besonderes, so etwas bekommst du nur bei mir.«

Bettina führt genussvoll Löffel um Löffel zum Mund, schmeckt Sahne, Krokanteis, Ingwer, Kokos, Mango und Granatapfel. Mild und zugleich feurig, süß, süßsauer und eine Spur Bittermandel. Der Geschmack ist unbeschreiblich. Noch nie hat sie etwas gegessen, das dem auch nur annähernd gleich gekommen wäre.

Und mächtig ist es. Während sie den Löffel ablegt, um vom Pflaumenwein zu trinken, sieht sie im Spiegel der gegenüberliegenden Wand Stefan. Er beobachtet sie. Seine Miene ist gespannt, sein kalter Blick hat etwas Lauerndes. So blickt die Schlange auf das Kaninchen. Wie ein Blitz durchzuckt sie die Erinnerung an ein Abendessen in der Wohnung gegenüber, viele Jahre ist es her. Auf einmal ist ihr alles klar. Sie verschluckt sich, hustet, versucht, das Gegessene auszuwürgen. Stefan beugt sich über sie.

»Ist dir nicht gut, Tante Helga?«

Sein Gesicht ist jetzt ganz nah, verschwimmt im Grinsen des Buddhas, mischt sich mit den Fratzen der Glückskatzen. Sie will um sich schlagen, schreien, bringt jedoch nur gurgelnde Laute zustande. Unerträgliches Feuer explodiert in ihrem Innern, Bettina wird schwarz vor Augen.

Das sündige Rheinland

Gitta Edelmann

Zwischen Godorf und Gomorrha

23 mörderische Geschichten aus Kirche und Unterwelt

256 Seiten, 13,5 × 21 cm, Paperback, ISBN 978-3-87062-176-6

Voller Ernst, aber auch mit schwarzem Humor haben sich die Autoren der wichtigsten kirchlichen Themen angenommen. So entstanden ganz besondere Auslegungen der zehn Gebote und – schließlich sind wir im Rheinland – zusätzlich des elften Gebots »Du sollst dich nicht erwischen lassen«. Weitere Anregungen gaben die sieben Todsünden wie auch die vier christlichen Hochfeste: Weihnachten, Ostern, Pfingsten und – Halloween.

Eine Leiche im römischen Köln

Cay Rademacher

Mord im Praetorium

Historischer Köln-Krimi

192 Seiten, 13,5 × 21 cm, Paperback, ISBN 978-3-87062-168-1

Leider muß der Bibliothekar Aelius Cessator auf die Freuden des Saturnalienfestes im römischen Köln verzichten – im Keller des Praetoriums im römischen Köln wird eine Leiche gefunden, und ausgerechnet er soll den Mörder finden. Ironisch und mit leichter Hand schildert der Bestsellerautor Rademacher die historische Umgebung, in der schließlich den Täter sein verdientes Schicksal ereilt.

cmz